伟大的思想
GREAT IDEAS

THE CITY OF LADIES

淑女之城

[法]克里斯蒂娜·德·皮桑 著
钟 婧 译

中国出版集团
中译出版社

图书在版编目（C I P）数据

淑女之城 / (法) 克里斯蒂娜 · 德 · 皮桑著 ; 钟婧
译 . — 北京 : 中译出版社 , 2019.10（2020.1 重印）
（伟大的思想）
ISBN 978-7-5001-6041-0

Ⅰ . ①淑… Ⅱ . ①克… ②钟… Ⅲ . ①女性—修养—
通俗读物 Ⅳ . ① B825.5-49

中国版本图书馆 CIP 数据核字（2019）第 199715 号

（著作权合同登记：图字 01-2019-5426 号）

Penguin Books Ltd, Registered Offices: 80 Strand, London WC2R ORL, England
www.penguin.com
The Book of City of Ladies first published in Penguin Books 1999
This extract published in Penguin Books 2005
Translation copyright © Rosalind Brown-Grant, 1999
All rights reserved

本书仅限中国大陆地区发行销售

“企鹅”及其相关标识是企鹅图书有限公司已经注册或尚未注册的商标。
未经允许，不得擅用。
封底凡无企鹅防伪标识者均属未经授权之非法版本。

淑女之城

著　　者：(法) 克里斯蒂娜 · 德 · 皮桑
译　　者：钟　婧
总 策 划：张高里
特约编辑：白　姗　赵　轩　　　责任编辑：刘香玲　王　梦
版式设计：索　迪　　　排　　版：志雅文化
印　　刷：北京顶佳世纪印刷有限公司
经　　销：新华书店

出版发行：中译出版社
地　　址：北京市西城区车公庄大街甲 4 号物华大厦六层　100044
电　　话：(010)68359376,68359827（发行部）68359719（编辑部）
传　　真：(010)68357870
电子邮箱：book@ctph.com.cn
网　　址：http://www.ctph.com.cn

开　　本：760mm×950mm　1/32　　印　　张：4.375　　字　　数：72 千字
版　　次：2019 年 10 月第 1 版　　印　　次：2020 年 1 月第 2 次
书　　号：ISBN 978-7-5001-6041-0　　定　　价：216.00 元（全 8 册）

版权所有 · 侵权必究
中　译　出　版　社

“伟大的思想”中文版序

企鹅“伟大的思想”系列丛书自2004年开始陆续面世，在英国、美国和德国均有出版。在英国出版品种最多，已付梓八十种，尚有二十种计划出版。该丛书在全球众多读者间，尤其是学生当中，普及了哲学和政治学，销量已远超二百万册。中文版“伟大的思想”的推出，是该系列的又一延续和发展，令人欢欣鼓舞。

推出这套丛书旨在让读者再次与一些伟大的非小说类经典著作面对面地交流。长久以来，此类书籍的出版都建立在这样一个假设之上——此类著作供学生课堂学习之用，因此需辅以导读、详尽的注释及参考书目等。此类版本无疑十分有用，但我想，如果某一版本能够重建托马斯·潘恩的《常识》或约翰·罗斯金的《艺术与人生》初版时的环境，为读者与作者营造更为亲密无间的氛围，使读者除了原作者及其自身的思考外没有其他参照，也许会更有吸引力。

但是，这一做法亦存在严重缺陷：每位作者的表述难免有难解或不可解之处，一些重要的背景知识或许也有所缺失。例如，读者对亨利·梭罗创作时的情形毫无头绪，也不了解该书的反响及影响。不过，这样做的优点也显而易见，最为显著的便是作者的初衷又一次受到重视——托马斯·潘恩的愤怒、查尔斯·达尔文的灵光、塞内加的隐逸。他们给许多国家的众多读者带来的生活影响难以估量，有的影响甚至长达几个世纪，几乎没有什么比阅读这些作家更令人拍案叫绝的了。倘若没有亚当·斯密或阿图尔·叔本华，将无法想象我们今天的世界。这些小书创作年代久远，但其中的话语彻底改变了我们的政治学、经济学、精神世界、社会规划和宗教信仰。

“伟大的思想”系列一直求新求变，地域不同，收录的作家亦不同。一些作家在中国或美国更受欢迎，而英国版“伟大的思想”收录的一些作家在其他国家和地区则鲜有人知。称其为“伟大的思想”，我们亦是慎之又慎。这些思想之所以伟大，在于其影响深远，但这并不意味着这些思想都是“好”思想，实际上一些书或可列入“坏”思想之列。丛书中收录的很多作家受到同样收录于该丛书的其他作家的巨大影响，例如，马塞尔·普鲁斯特承认受约翰·罗斯金影响很大，米歇尔·德·蒙田也承认深受塞内加影响。但也有些作家彼此憎恶，若发现彼此都被收录于同一丛书，一定会深感苦恼。至于他们思想的或“好”或“坏”，读者可自行判明。我们衷心希望，您可以享受阅读这些著作的乐趣。

“伟大的思想”出版者

西蒙·温德尔

目录

译者导读

在西方文学中，厌女症（misogyny，或译为女性贬抑）由来已久。简而言之，这是一种在文学作品中歪曲事实、诟病女性并把一切罪过都归因到女性身上的思想。例如将女性说成是劣等子宫的产物，以及认为女性是人类罪恶的根源，甚至连男性的堕落也完全是由女性造成的，等等。这种对于女性的贬低由古希腊文学发端，贯穿了西方文学和宗教史，18、19世纪的哲学大师康德、黑格尔、叔本华和尼采等，也都曾在著作中表现出对女性的厌恶。

本书正是写作于14世纪这样一个视女性为敌并肆意贬低践踏的时代。克里斯蒂娜·德·皮桑（Christine de Pizan，1365—1430），出生于早期文艺复兴时代的威尼斯，幼年随受聘于法王查理五世的父亲搬到法国，在宫廷中长大。她被公认为是欧洲历史上第一位以写作为生的职业女作家，其诗歌和散文在她所处的时代就已得到高度评价。但是不同于文艺复兴时期的人文主义文学家和艺术家，克里斯蒂娜的作品并非系统地研究或阐释反封建思想，而是通过贴近现实生活的思考，从社会实际出发，以通俗易懂的方式提出了一些具有启蒙性的观点。

在本书中，她将女性划分为淑女（ladies）和一般女性（women），并用纸墨为前者建立了一个理想王国。被选入这个文字城市的女性并非由出身门第决定，而是因为各自具有过人的美德，如智慧、勇敢、忠贞、慷慨、虔诚，等等。她通过列举一百多位从神话传说到现实生活中具有过人才智和优秀品质的女性，来逐一驳斥历来男性作者们对女性各方面能力和特质的扭曲，代替女性群体发出了自信的呼声。与此同时，她也并未放弃在能力和修养上尚有待努力的广大一般女性，在书的最后，她呼吁全体女性都按照自己的社会地位，以美德和城中淑女为榜样和目标去完善自己及自己的生活。

当时社会对女性的定位，是传统道德中的辅助作用，如协助丈夫管理庄园、财产和仆人，勤俭持家，帮助丈夫匡正品行等，因此她劝诫女性们要遵循这些准则，逃离爱情的骗局，端正谈吐、谨言慎行。同时她承认社会等级的差异，建议贵族、中产阶级和平民女性都按照各自的社会阶层来扶助甚至容忍丈夫，以达到家庭的和睦和生活的平静。在书中，由代表着女性三种美德的理性、正直和公正女神指导克里斯蒂娜用智慧的铁锹挖走诟病的腐土、以历代淑女的事迹为基石所建立起来的“淑女之城”，正是她理想中可以彰显女性光辉、并从无端指责中保护她们的完美之地。

时至今日，女性如何在事业进取心与家庭责任感、职业发展与家庭生活之间取得平衡，依旧是时常困扰她们的问题。除了制度和文化的因素之外，女性对于自身潜能的肯定、摒除对于自身定位的内心障碍，充满自信地积极进取，方是最重要的内在条件和动力。因此，回溯克里斯蒂娜这部在男性占统治地位的社会中，敢于率先展现女性优良品质、提高女性对自己性别的自信和自觉的先驱性作品，对于我们今天思考女性如何规划自己独特的人生轨迹、追求恰当的人生目标，如何与男性互相配合实现社会的两性平等与和谐，依然有着重要的启示意义。

➛ 第一部分

1. 由此开始《淑女之城》的第一章，讲述本书写作的缘由与目的

一日，我如常坐在书房中被各类书籍包围着，因为追求知识已成了我长久以来的习惯。在跟研习已久的几位作者的鸿篇巨著奋战了一整日之后，我开始感到有些厌倦。我从书中抬起头，决定放下这些艰深的大作，转向诗人的作品来找点浅显有趣的读物。在寻找部头小点的书时，我刚巧看到了一本虽不属于我但正由我保管着的书。我打开书，看到

作者是马太奥鲁斯[1]就笑着选了它，因为虽然没读过，但听说过这本书跟其他书不同，是赞扬女性的。这时碰巧到了晚饭时间，我几乎还没有开始看，亲爱的妈妈就已经叫我下楼吃饭了。我于是放下它，决定第二天再读。

第二天早上，我再次习惯性地坐在书房里，想起了前一日打算看看的马太奥鲁斯的那本书，于是再次拿起书读了一点。但是看到它俗不可耐的言语和内容，我觉得大概只有那些喜欢看造谣中伤的人才会对此感兴趣，而对那些希望追求美德或改进自身道德标准的人来说，应该是毫无裨益的。我快速浏览到结尾，然后决定转向那些更有价值和裨益的作品。但因为看过了这本我认为没什么权威性的书，一个离奇的想法在我脑海中开始生根，并让我想弄明白，到底为什么这么多男人，包括有学识的男人在内，长久以来都针对女人和她们的作风不断记述着如此可怕的东西。我无法解释这一点。这不只是一小批作者，也不只是马太奥鲁斯这本既不权威又不会被认真看待的书，而是不可计数的哲学家、诗人和演说家都持有的态度，他们众口一词、毫无异

---

1. 马太奥鲁斯（Matheolus），13 世纪法国诗人。——译者注（本书所有注释均为译者所加）

议地认为，女人的天性就是容易屈服于恶习。

我一遍一遍地思考着这些观念，然后开始检视自身和行为，并以此为例。为了毫无偏见地公平判断这么多著名的男人是否是错的，我也回想了一下我认识的其他女性，包括很多贵妇以及不计其数的社会各阶层的女性们，她们都曾跟我分享过个人内心的想法。不论我怎么看、如何想这个问题，我都依旧无法从生活中找到任何证据来证明这个对女性天性和习惯的负面评价。即使如此，由于我几乎找不到任何作者的任何一本道德方面的书里没有那么几个章节在攻击女性，我不得不接受了他们对女人不利的意见，因为这么多有学识、有着杰出智慧和对事物有见地的男人，不太可能在这么多地方都撒了谎。基于这个简单的论点，我不得不承认这些男人应该是对的，尽管我的理解还很粗浅，并且仍然没有看到我和其他女人身上存在的重大缺陷。比起自己的判断和经验，我就这样相信了他人得出的结论。

我长时间反复地咀嚼着这些想法，以至于陷入了深度的恍惚。当我试图回忆所有写过这类主题的作者时，脑中充满了无数的名字。我于是得出结论，当神创造女人时，他的确是创造了一件卑下的事物。

我震惊于这样一位精细的造物主居然会作出这样一个骇人听闻的东西，它就如这些作者所说的那样，是一个收集和保存所有罪孽与邪恶的容器。这个想法让我极其难过和恶心，于是我因为这些天性上的偏差开始鄙视我自己以及所有女性了。

随着一声长叹，我向神呼唤道："主啊，这怎么可能？除非承认信仰的错误，否则我不能怀疑您会在您无限的智慧和无瑕的好意之中，去创造任何不好的东西。难道不是您特地亲手创造了女人，然后给了她所有您希望她拥有的品质吗？但女人不仅仅是被指控了，而且已经被审判、定罪和判决了！我只是不能理解这个矛盾而已。主啊，如果女人真的如众多男人所指责的那样，是如此可怕的罪孽，并且如您自己所说的两个以上的证人即可定罪[1]的话，我还怎么能够去怀疑他们所说的话？主啊，为什么我没有生为男人，这样我所有的渴望就是去服侍您，把万事都做正确，以成为男人们所自称的完美生物？既然您决定了不给予我这样的慈悲，亲爱的主，那么若我没能像所应当的那样去服侍您，就请原谅我和赦免我，因为报酬低的仆人对主人负有的义务也

1. 圣经立下了至少需要两个证人才能定案的原则，如"不可凭一个人的口作见证将他治死"。(《民数记》35:30，《申命记》17:6)

相应更少。”

我十分难过地在对神的哀叹中说了许多类似的傻话，因为我觉得我非常不幸地被他赋予了女儿身。

2. 克里斯蒂娜讲述3位淑女是如何现身以及第一位是如何开口安慰悲痛中的她的

我沉浸在痛苦的思绪中，脸颊贴着手靠在椅子扶手上，满含泪水羞愧地低下头。突然之间，我看到一道如日光般的光线照射到腿上。我像从熟睡中惊醒那样吃了一惊，因为在这个时间太阳是不可能照进我书房的。在我抬头追寻光的源头时，眼前忽然出现了3位头戴皇冠的淑女，她们穿戴举止庄重，面庞散发的光芒照亮了我和我身边的一切。你可以想象，当看到她们能如此直接进入一个门窗紧闭的屋子时，我该有多么惊诧。我害怕是幽灵要引诱我，于是迅速地在额前画了个十字。

3位淑女中最前方的一位率先笑着跟我说道：“我亲爱的孩子，别害怕。我们不是来伤害你的，正相反，我们是由于怜悯你的不幸，来安慰你的。你仅仅因为有太多的人反对，就去否定那些自己确信的真理，我们希望能够帮你摆脱这些困扰着你的误解。你就像是笑话里的傻瓜，朋友们趁他在磨坊里睡着时给他穿上了女人的衣服，醒来之后设法让他相信了自己是女人，尽管一切的证据都指向了相反的那面！我亲爱的孩子，你的判断力到哪里去了？你忘记百炼才能成金的道理了吗？你忘记只有最美好的事物才最惹人争议了吗？现在把你的思路转到最高层次的领域，也就是抽象领域上，回想一下你所叙述的那些抨击女人的哲人们是否曾被证伪。事实上，他们都一直在互相攻击对方的观点，就像你读的亚里士多德的《形而上学》中，他是如何讨论和反对他人，包括柏拉图在内的观点的。也不要忘记'教会圣师'们[1]，特别是被誉为最伟大的道德和自然哲学作者的圣奥古斯丁[2]，他们在某些问题上是全盘否定亚里士多德的。你似乎把哲学家的所有观点都当成是真理而无条件地完全接受了。

"至于你提到的诗作，你得明白它们有时候写得和寓言一样，需要从字面意思的反面去理解。所以

---

1. 教会圣师（Doctor of the church），源自中世纪，指教会册封的著名神学家，他们的思想出类拔萃，作为导师引领当代教会的思想。
2. 圣奥古斯丁（Augustine of Hippo，354—430），罗马帝国末期北非柏柏尔人，早期西方基督教神学家、哲学家。

你应该按照反语法来读这些书，它有时候需要从正面去理解一些看似负面的话，有时候正相反。我建议你就照这样去读那些抨击女性的段落，不论作者原本的观点是什么，都把它们转化为正面的理解。马太奥鲁斯或许也正希望他的书是被这样去读的，因为他还有一些段落若只从字面上看简直就是彻底的异端邪说。至于当那些作者们——不仅是马太奥鲁斯，还包括更有权威的《玫瑰传奇》[1]的作者——在说神赐的神圣婚姻生活之所以让人无法忍受都是因为女人的时候，你的经验就应该已经告诉你他们是完全错误的了。哪个丈夫曾经如这些作者所说的那样，给予过妻子高于自己的权力，让她们可以来侮辱和玷污自己？相信我，无论你在书中读到什么，你都从未确实地看到这种事，因为它纯粹就是一些离谱的谎言。我亲爱的朋友，我必须说，是你的天真使你相信他们的话都是真理。找回你的判断力，别再用这些愚蠢的念头困扰你自己了。让我来告诉你，那些说女人坏话的人，对自己的伤害要远远超过对于他们所诟病的女人所造成的伤害。"

……

1.《玫瑰传奇》(*The Romance of the Rose*)，十三世纪法国寓言长诗，分上下两卷。

8. 克里斯蒂娜讲解理性女神是如何帮助她开始挖地建地基的

理性女神回答我道:“现在站起来吧,孩子,让我们即刻前往文字之地。那里硕果累累、清溪流淌,充满了各种美好的事物,我们将在那平坦而丰饶的土地上建起淑女之城。拿好你智慧的铁锹,按照我划好的线深挖成壑,我会帮你把土扛走。”

我遵从她的指示站了起来:感谢这3位女神,我感觉身体比以前更强壮而轻盈了。她领头走在前面,我跟随着她到了所述的地点,按照指示开始用智慧的铁锹挖土。我劳动的第一个果实如下:“我的女神,我记得你之前用熔炉炼金来比喻那些男作者们对女人的全力攻击。我把这个比喻理解为,女人越被批判,她们的光彩就越被磨砺。但是请告诉我,为什么会有这么多作者在作品中攻击女人呢,因为如果我理解正确的话,这样做明明是错误的。这是天性女神让他们这么做的吗?如果说是因为憎恨,那又该怎么解释?”

理性女神回答我的问题道:“我亲爱的孩子,为了帮你把事情看得更清楚,让我把这第一筐土送走。我可以告诉你,天性女神绝没有让他们诟病女人,而是恰恰相反。世上没有什么会比天性女神遵照神的愿望赋予男女之间的联系更为牢固和紧密的了。实际上，有很多其他的原因可以解释为什么男人，包括那些你提到的作者们，一直以来都在攻击女人。有些人从好的意愿出发去批判女性：他们希望拯救那些被堕落的女人控制了的男人们，或者是防止其他人落入相同的命运，同时推而广之地鼓励男人们不要过贪婪和不道德的生活。他们因而攻击所有的女人，以试图说服男人们去反感女性这个性别。”

“我的女神，”我说道，“请原谅我打断你。他们因为有好的出发点，这么做就是对的了吗？人们行为的正误是由出发点所决定的吗？”

“你错了，好孩子，”她回答说，“因为单纯的无知是没有借口的。如果我出于好意和愚蠢而杀了你，我就是正确的了吗？无论是什么人，这么做都是在滥用他们的权力。为了第三方获利而去攻击另一方是不公平的。批判所有女人的天性也是一样完全没有道理的，我用类比来给你解释这一点。为了帮助一些误入歧途的男人放弃愚蠢的行为而去谴责所有的女人，就像火明明是维持生命所必需的好元素，只是因为有些人被烧伤了就去控告它一样，或者像因为有些人淹死了就去诅咒水一样。你可以把同样的道理推广到所有有着正反两面效果的事物上。在这种情况下，如果有蠢人错误地使用了它们，受到责备的都不应该是这些东西本身。你在自己的其他作品里已经指出过这一点了。那些坚持全盘否定看法的人，无论是出于好意还是恶意，都是为表达自己的观点而做过头了。这就像是有人拿整匹的布来给自己做一件巨大的外衣，仅仅因为它是免费的，也没有其他人出来反对。但这就阻止了其他人再来使用这匹布料。你自己其实也作过正确的评价：如果相反地，这些作者只是试图通过攻击那些确实有道德和习惯问题的人来拯救耽溺色欲的男人，我相信他们就能创作出非常有意义的作品来了。确实没有比一个放荡而堕落的女人更可怕的事物了：她就像是一个怪物，一个违背了她羞怯、温顺而纯洁的本性的生物。我可以向你保证，那些无视这么多高尚的妇女而去谴责女性有罪的作者们，绝对没有经过我的准许。他们自己铸成了大错，而那些相信了他们观点的人亦然。就让我们从你的著作中剔除这些可怕、丑陋又畸形的石头吧，因为它们在你美丽的城市里是不该有立足之地的。

“其他男人则出于不同的理由批评女人：有些是因为他们自己沉浸在了罪恶中，有些是因为有生理障碍，有些纯粹是因为嫉妒，有些仅仅是喜欢从诽谤他人中获得乐趣。还有一些人这么做是想炫耀自己的博学：他们在书中看到了这些观点，就想引用这些作者的话。

“那些批判女人生来即为邪恶的人，正是一些把青春浪费在了放浪形骸上、跟不同的女人有过风流韵事的男人。这些男人从各种经历中学会了狡诈，而且从不去忏悔自己的行为。他们其实对年轻时的荒唐行为还相当留恋，现在终于上了年纪，依然有心却已无力，只能悔恨地感到自己的‘好日子’一去不复返，眼睁睁地看着那些年轻的男人们夺走他们得不到手的东西。他们唯一能缓解自己挫折感的方式，就是攻击女人和试图阻止其他人去享受他们曾享受过的东西。你经常看到老头儿们走来走去说着粗俗可鄙的话，比如你说的马太奥鲁斯就很直率地承认自己只是个仍然想满足自身欲望的虚弱老人。他是个能解释我观点的非常好的例子，因为他正是这类情况里的一个典型。

“但是感谢神明，并非所有的老年男人都是堕落的和像麻风病人一样病入膏肓的。还是有一些上等体面的人，他们的智慧和美德是由我养育的，他们用高尚而冷静的方式说话，其话语就可以反映自身的优秀品性。这样的男人是痛恨一切错误和诽谤的。

因此他们并不会去攻击和诋毁某一个罪人，无论是男是女，而是会一视同仁地谴责所有的罪恶。他们给人的建议是避开恶习、追求美德并坚持坦率。

“那些因为自身身体缺陷而攻击女人的男人，比如有阳痿或畸形的，他们的想法都很扭曲而且愤愤不平。他们唯一可以补偿机体无能的乐趣就是攻击女性，因为她们可以给其他男人带来快乐。这样他们就能确保别人也不去享受他们从未享受过的快乐。

“那些因为嫉妒而攻击女人的男人，其实通常都明白女性比他们更具有智慧和美德。这种嫉妒的男人出于愤怒和怨恨而去攻击所有女人，觉得这样他们就可以破坏她们的名声和品性了，正如那个写了《关于哲学》的我忘记名字的作者一样。在那本书里，他花了大量的篇幅来争辩男人根本不该赞美女性，而那些去赞美的男人都违背了他那本书的标题：这些人把追求智慧的‘哲学’变成了追求愚蠢的‘愚学’。但是我可以向你保证，因为那些错误推理和荒谬结论，他自己其实才正是‘愚学’的典范。

“至于那些本性就喜欢造谣中伤的男人去攻击女性则一点也不奇怪，因为他们会一样地攻击所有人。你可以相信我，任何蓄意攻击女性的男人都是出于他自己的邪念，因为这种行为是跟理性和天性背道而驰的。说他与理性作对，是因为他绝不会感激和承认女人们从过去到现在都在为他付出，那些美好而不可或缺的事物远远多于他可以回馈的；说他与天性作对，是因为连鸟和兽都会自然地爱它们的伴侣，也就是雌性的动物。所以当一个理性的男人不去爱女人时，他就是在严重地违反自己的天性。

“最后，还有那些对著作浅尝辄止的人，他们满足于从比自己强得多的作者的顶尖作品里拾人牙慧。他们觉得这样做自己就不会被人批评，因为他们只是在重述别人说过的观点。相信我，这就是他们为什么会去造谣中伤的原因。有些人写下拙劣的胡言乱语，或是既不押韵又没思想的诗作，去评论女人、贵妇或其他人，而实际上品行不端的正是他们自己，他们才是最需要去提升道德水平的人。然后，那些跟他们一样无知的普通人，就会以为这些是他们所读过的最好的作品。”

9. 克里斯蒂娜是如何挖土的：换句话说，她是如何向理性女神发问和得到回答的

“现在我已经把给你的任务准备好了，你可以按

照我划好的线开始挖地基了。”

遵循理性女神寄予的希望，我用全力开始阐述：“我的女神，为什么最伟大的诗人奥维德[1]（尽管包括我自己在内的其他人会认为维吉尔[2]更适合那个荣誉，如果你不介意我直说的话），在他的如《爱的艺术》《爱情三论》等作品中，作过这么多贬低女人的评价？”

理性女神回答说：“奥维德对作诗的理论和实践都非常熟悉，他细腻的思想使他擅长写自己所写的任何领域。但是，他的身体却沾染了各种庸俗和肉欲的恶习：他和很多女人有过绯闻，因为他完全没有节制的概念，也不会对任何人献出忠心。他整个青年时期都是这样度过的，于是自食其果：不仅丧失了名誉和财产，甚至还丧失了一部分肢体！他不仅自己极其淫乱，还鼓励别人做同样的事，因而最终被

---

1. 奥维德（Publius Ovidius Naso，英文称为 Ovid，公元前 43—公元 17 或 18），古罗马诗人，代表作《变形记》《爱的艺术》和《爱情三论》。50 岁时被奥古斯都流放，罪状是参与淫乱行为和写作淫秽诗篇，10 年后病死异乡。
2. 维吉尔（Publius Vergilius Maro，英文称为 Virgil，公元前 70—前 19），奥古斯都时代的古罗马诗人。其代表作之一的《埃涅阿斯纪》长达 12 册，是代表罗马帝国文学最高成就的巨著。因此他也被罗马人奉为国民诗人、被当代及后世广泛认为是古罗马最伟大的诗人，乃至世界文学史上最伟大的文学家之一。

流放。他的追随者中有一些是在罗马有影响力的年轻人，他虽然被他们从流放中救了回来，但依旧无法避免再次陷入同样的境地。所以他最后因不道德的行为而被阉割了。他是另一个证明我刚刚叙述的观点的好例子：当他发现自己再也无法沉溺于以前的快乐中时，就开始用狡诈的评论来攻击女性，希望其他人也能鄙视她们。”

“我的女神，你的话确实是真理。但我也看到一个意大利作家叫作阿斯科里[1]，如果我记得没错的话，来自于马尔谢[2]或托斯卡纳[3]。他在作品里说了一些比我读过的任何东西都要糟糕的，让人非常不悦的话，我觉得任何人在任何情况下，都不该去复述这些话。”

理性女神的回答是：“我亲爱的孩子，不必意外阿斯科里会因为仇恨和鄙视而去诽谤所有女性。出于无法形容的邪念，他希望所有男人对于女人都能有跟他一样的肮脏看法。他也同样落得了他应有的下场：由于他传播的异端邪说，他在柱刑上耻辱地死

1. 阿斯科里（Cecco d'Ascoli，1257—1327），意大利著名博物学家、医生和诗人。
2. 马尔谢（Marches），法国德龙省的一个市镇。
3. 托斯卡纳（Tuscany），意大利一个大区，首府为佛罗伦萨。

去了。”

“我的女神，我还看到了另一本拉丁文的小书，叫作《关于女人的秘密》，里面说女人的身体生来就在各个方面都是有缺陷的次品。”

理性女神回答道：“你只需要看看自己的身体就足以明白，这本书完全是充满了谎言的捏造。虽然有人把它溯源到亚里士多德，但说一个像他那样伟大的哲学家能有如此骇人听闻的谬论，还是欠考虑的。任何读过这本书的女人都能看到，它的很多叙述都和她们的自身经历完全相反，因此可以相应地推论出其他部分也是一样不可信的。不知道你还记不记得开头的地方，他说了某个主教把所有将这本书念给女人听或者给她们看的男人都驱逐出教的事？”

“是的，我的女神，我记得那个段落。”

“你知道是什么样的邪恶动机促使他把这么卑鄙的一段放在书的开头，让那些易受骗的愚蠢男人去读？”

“不知道，我的女神，请你赐教。”

“这是因为他不希望女人们能读到这本书，或者是听到别人读给她们，以免沦为她们的笑柄，或者指出它是多么一钱不值。他以为用了这个诡计，就可以骗过那些想读他的书的男人了。”

“我的女神，我似乎记得，他在长篇累牍地阐述女孩是虚弱或有瑕疵的子宫的产物之后，宣称天性女神也为自己创造出了这样的残次品而感到羞愧。”

“我亲爱的克里斯蒂娜，得出这些结论的人，很明显是完全不理智地被误导了吧？首先，作为上帝仆从的天性女神，怎么可能比她力量的来源、自己的主人还要强大？全能的上帝全心全意地创造了男人和女人。当他将神意付诸实施，用大马士革的泥土创造了亚当之后，就让他住进了这卑贱地上最高贵的伊甸园。他让亚当在这里安睡，用他的一条肋骨创造了女性的躯体。这预示了女人天生是陪伴在男人身边的人，男人则应该把她作为一体同心的自身去爱，而绝非是匍匐于他脚前的奴隶。如果连神圣的创造者本身都不认为创造了女性形态是件羞耻的事情，那天性女神为什么会如此认为呢？想不到这一层的人可真是愚蠢到一定程度了。此外，女人又是怎样被创造出来的呢？我不知道你是否意识到了，但她其实也同样复制了神的形象。谁竟敢如此无礼，去说拥有这样神圣原型的事物的坏话？当然也有足够愚蠢的人坚持说，神按照自己的形象造人，指的是他的躯体本身。这也一样并非事实，因为那个时候神还没有变化成人形，所以必须得澄清，这个复制指的是他的灵魂，是那无形的才智使得人从生到死都可与神相似。他把他的灵魂同时赋予了男性和女性，并且使两性都同等的高尚和纯洁。回到我们正在讨论的人的躯体是怎样形成的这个话题，女性是被最优秀的造物者一手创造的。那么她究竟是在哪里被创造的呢？毫无疑问是在伊甸园。那么又是用什么造出的，是粗糙的材料吗？不，她是从神作出的最好的材料——男性自己的身体——中被创造出来的。”

“我的女神，从你的话中我可以看出，女性是一种非常高贵的生物。但尽管如此，西塞罗[1]不是说过‘男人不应该被女人管制’吗？让女人管了的男人是在贬低自己，因为被比自己低下的人所辖制是错误的。”

理性女神回答道：“无论男女，有德行的人才更高等：人的贵贱不是由性别来区分的，而是由此人能让自己的本性和道德完美到何种程度来决定的。因此服侍圣母的男人是幸福的，因为她的地位比天使还要高。”

---

1. 西塞罗（Marcus Tullius Cicero，公元前106—前43），罗马共和国晚期的哲学家、政治家、律师、作家、雄辩家。

“我的女神，老加图[1]，也就是那位伟大的演说家，声称如果女人没有被创造出来的话，男人就可以直接跟众神对话了。”

理性女神的回答是：“现在你看到了一个本是智慧的人却说了蠢话的例子了。是因为有了女人，男人才能跟神并肩而坐。至于那些说男人是因为叫夏娃的女人才被从伊甸园赶出去的，我的回答是，男人从圣母玛利亚那里所得到的，要远远比他因夏娃而失去的多得多。现在人类已经跟神合为一体，若夏娃没有犯错，这就是不可能的。男人和女人都应该去赞美夏娃的这个错误，正是因为她，这个荣耀才能降临在他们头上。如果人性曾因为上帝创造的一个生物的行为而崩坏，那它就已经被这个生物本身赎还了。至于像老加图说的，如果男性没有女性就能跟神对话了，他的话比他自己预想的还要正确。作为一个异教徒，他和跟他信仰相同的人们认为天堂和地狱都是由神来统治的，只是我们把地狱里的称为恶魔。所以说，如果没有圣母，男人就可以直接跟地狱里的神明对话，这是完全正

---

1. 老加图（Marcus Porcius Cato，公元前 234—前 149），通称老加图，以与其曾孙小加图区别。罗马共和国时期的政治家、国务活动家、演说家，公元前 195 年的执政官。

确的！”

……

11. 克里斯蒂娜问理性女神为什么女人不能出现在法庭上以及理性女神的回答

“我最正直可敬的女神啊，你出色的论点满足了我在众多领域里的好奇心。若不介意的话，你能否再解释一下为什么女人在审讯中既不被允许去起诉，也不可以作证，甚至都不能传递信息？有些男人宣称这都是源于一些女人在法庭中曾经的举止不端。”

“我亲爱的孩子，这个荒谬的故事是彻头彻尾的蓄意捏造。但如果你希望知道万事背后的原因和理由的话，你是永远也不可能追溯到头的。就算是亚里士多德，即便他在《论问题》和《范畴论》里解释了那么多，也依旧无法做到这一点。但是亲爱的克里斯蒂娜，回到你的问题上，你或许同样会问上帝为什么没有让男人去做女人的工作，以及让女人做男人的事情。这个问题可以这样回答，就像一个聪慧精明的主人把他的家产分为不同的部分，并把他的工人们也严格分工那样，上帝与此类似地创造了男人和女人，以便从不同的角度服侍他，并且让他们相互帮助和安慰。最后，他给了不同的性别以实现各自目的所必需的品质和特点，即使有时候人类并不尊重这种区别。神给了男人健壮有力的身躯来阔步探寻和大胆发言，这就解释了为什么是男人们在学习法律和进行执法。在那些拒绝遵守法律的情况中，男人们会通过武装和体力来强制执行，而女人们是无法做到这点的。即使上帝也经常赋予很多女性以杰出的智慧，但她们依旧不可以抛弃一贯的谦逊跑到法庭去上诉，因为已经有足够多的男人在做这件事了。为什么要让三个人去做两个人就已经游刃有余的事呢？

"但是，如果有人说这是因为女人的聪明才智不够去学习法律，我就要引用从古到今无数优秀女性的例子来反驳他们了，她们是杰出的哲学家，或在很多远远难于单纯学习一下法律条文的领域里出人头地。我接下来会给你讲述这些例子。同时为了回答那些觉得女人缺乏明智管理或建立良好习惯的能力的人，我会举一些历史上可敬的淑女们的例子，她们完全有驾驭这些的能力。为了让你能更清楚我在说些什么，我也会给你列举一些你同时代的寡妇，她们在丈夫过世后对家产的组织和管理完全证明了智慧的女人能够在任何领域成功。”

12. 关于示巴女王[1]

“如果可以的话请告诉我，你是否曾经读到过一个国王，他有比示巴女王更优秀的治理手段、政治才能和公正人品，并且还掌管着一个更为宏大的法庭？在她统治之下的广袤无垠的土地，是从她的祖先，那些被称为法老的著名国王那里继承下来的。但是，是这位女性第一次在她的疆土上创建了法律和道德规范，也就此终结了这个国家的原始形态，甚至包括埃塞俄比亚的野蛮习俗。那些描写过示巴女王的作者都特别称赞了她把文明带入治下的举措。她是法老的后代，继承了包括阿拉伯、埃塞俄比亚、埃及和位于尼罗河中游的肥沃的麦罗埃岛[2]在内的广袤疆土。她以典范性的才能管理着自己的疆域。关于这位女性我还有什么可说的吗？示巴女王非常聪颖和强大，甚至连圣经都提到了她出众的能力。她

---

1. 示巴女王（Empress Nicaula），公元前非洲东部示巴王国（约今埃塞俄比亚）的女王，最强时疆域包含东非和今沙特阿拉伯南部地区和也门。
2. 麦罗埃岛（Meroë），古代努比亚王国首都，遗址位于今苏丹境内。

自己建立了用来治理民众的法律。她的高贵和富有，超越了尘世间的所有男人。她对于艺术和科学都十分精通，并且以自己从未去屈尊嫁人，或未曾希望任何男人陪伴在她身边为荣。”

……

14. 克里斯蒂娜和理性女神之间更多的讨论和辩论

“我的女神，你说得非常好，你的话语有如音乐般悦耳。但是，如果不管我们刚刚谈到的才智，那么无法否认，女性从本质上来说还是懦弱的生物，她们有着柔软脆弱的躯体，并且缺乏强健的体魄。男人们就因为这些说女人是低等和低价值的。在他们看来，如果一个人的身体在某种意义上残缺的话，这就破坏并降低了他或她的道德水准，那么也就因此而不值得去赞赏了。”

理性女神的回答是：“我亲爱的孩子，这是一个完全站不住脚的错误结论。如果天性女神没能让一个躯体跟她所创造的其他人一样完美，无论是在形体上还是外貌上、体力上或者肢体上，她通常都会用更多的优秀来补偿他的缺失。比如说，伟大的哲学家亚里士多德常被说成是长相丑陋的，因为他的脸是扭曲的，而且一只眼睛比另一只低。但他若确实是畸形的话，那么从他的作品可以看出来，显然天性女神用非凡的才智补偿了他。对他而言，拥有这样超凡的智慧是比拥有像押沙龙[1]一样完美的躯体更有意义的。

“亚历山大大帝也是一样，他非常矮小、丑陋又孱弱，但众所周知，他有着非凡的勇气。其他很多人也都是这样。相信我，我亲爱的朋友，一个完整强健的身体并不一定有着勇敢无畏的心。勇气是从自然的生命活力中产生的，这种力量是上帝允许天性女神赠予那些理性出众的人的天赋。这种力量存在于精神和心中，而不是存在于肉体和四肢的力量中。你经常看到彪悍健壮的男人是可怜的胆小鬼，而其他娇小孱弱的男人却很勇敢和坚韧。这也同样适用于其他的道德品质。关于勇气和体质，上帝或天性女神都没有打算通过剥夺女性的这些价值来歧视她们。与此相反，女人们在这方面的不足其实是很幸运的，因为她们至少不会有骇人听闻的残酷行

---

1. 押沙龙（Absalom），圣经中大卫王的第三个儿子，以色列国王，圣经记述他“从脚底到头顶，毫无瑕疵”。

径，比如从古到今的男人都有足够力气去进行谋杀和使用暴行，更不会因此而受到责罚。如果那些男人们的灵魂能在柔弱的女性身体里过一辈子，或许倒是一件好事。回到我正在说的事上，我确信天性女神若决定了不去赋予女性以强健的体魄，那她就会补偿给她们最善良的品性：对上帝的敬爱和对违背神谕的恐惧。没有这样去做的女人是违背了自己本性的。

“但是，亲爱的克里斯蒂娜，你应该注意到了，神也明确地想向男人证明，虽然女人普遍来说没有他们身强力壮和富有勇气，但这并不意味着女性整体都缺乏这种素质。实际上有一些女性展示了足够的魄力、体力和勇气来完成了惊人的壮举，完全可以跟史书中提到的伟大征服者和武士们匹敌。之后我就给你举一个这样的例子。

“我可爱的孩子和亲爱的朋友，我已经给你准备好了一条宽阔的沟渠，并亲自肩挑手提把土都运走了。现在该你往沟中填上沉重坚固的石块，来构成淑女之城的地基了。以你的笔为铲，抖擞精神开始建筑吧。下面就是一块很不错的结实的石头，我希望你能把它作为筑城的第一块基石。你知道连天性女神都用占星预言了这块石头应该被放在这里了吗？稍稍往后退一步，我来帮你把它放入位。”

……

16. 关于亚马逊人

“在欧洲大陆附近的广阔海洋中有一个叫作塞西亚[1]的国家。有一次，男人们都在战争中阵亡了，当女人们看到自己失去了丈夫、兄弟和男性亲属，只有幼小男孩和老年男子还幸存之后，就鼓起勇气召集了一个妇女议会，决定从今往后由自己来领导自己的国家，不再受男人的管束。她们公布法令禁止任何男人出入她们的领地，但为了能维持种族延续，她们自己可以在每年的特定时间出入邻国。如果生了男婴就把他送回父亲那里，女婴则自己抚养。为了维护这个法律，她们选了出身最高贵的两位淑女为女王，一位叫作蓝佩朵，另一位叫作马佩西娅。她们很快把国内剩下的男人都驱逐出境，接着从长到幼都武装起来投入战斗，在她们的国土上奋勇杀敌，把所有的敌人都赶尽杀绝了。简单来说，她们

1. 塞西娅（Scythia，公元前 7 世纪—前 2 世纪），以今克里米亚为中心的一个富裕而强大的帝国。

为丈夫们的死报了仇。

“就这样，塞西亚的女人们开始武装自己。她们后来被称为亚马逊人，意思是‘去掉了一个乳房的民族’。她们的传统是使用只有本族女性知道的秘术，贵族女孩在儿时去掉左乳房来携带盾牌，非贵族的女孩们则去掉右乳房以便操控弓箭。她们非常崇尚武力，所以通过战争极大地扩张了领土，并且名声远播。回到之前的话题，这两位女王每人带领了一支出色的军队在许多国家作战，并且成功占领了欧洲和亚洲的很大一部分地区，征服了很多王国。她们建立了很多城镇，包括亚洲颇有名望的以弗所[1]。两位女王中的马佩西娅最先战死，并由她一个年轻的女儿接替，也就是美丽的贵族未婚少女锡诺普。这位女孩为自己从未跟男人发生过关系而感到骄傲，并且选择到死都维持贞洁。她生命中唯一的真爱和快乐就是追寻武力：她对于战争和扩张从未感到过厌倦。她接连征服敌国，把他们的国土完全踏平、国民杀戮殆尽，以此来痛快淋漓地为母亲报了仇。”

……

1. 以弗所（Ephesus），今土耳其境内，为古希腊人在小亚细亚建立的一个大城市，圣母玛利亚终老于此，位于加斯他河注入爱琴海的河口。

27. 克里斯蒂娜问理性女神上帝是否赋予了女性最高级的知识以及理性女神的回答

听完理性女神所说的，我回答道：“我的女神，上帝确实令人吃惊地赋予了你所提到的这些女性以超凡的力量。但是你如果不介意的话，请告诉我，在上帝赐予女性的众多品格之中，他是否曾赋予哪位出众的智力和学识。她们是否有学习的天资？我非常想知道，为什么男人们断言妇女是愚钝的。”

理性女神的回答是：“克里斯蒂娜，从我告诉你的可以很明显地看出，事实与他们所说的正相反。为了解释得更清楚一点，我来给你一些总结性的例子。我再重复一下——不要怀疑我的话——如果社会传统就是像对男孩一样地送女孩去上学，并教给她们各种知识，那么她们也会跟男孩一样轻松学会那些困难的艺术和科学知识的。实际上，这也常常是事实，就像我之前提到的，尽管女人的躯体比男人柔弱也没那么灵活，但她们的思想实际上更敏锐，并且更善于接纳新鲜事物。”

“我的女神，你在说什么呀？如果可以的话，我希望你再详细阐述一下。如果我们不能证明这个观点，那就没有一个男人会接受它，因为他们会说男人普遍来说要比女人知道得更多。”

她回答道：“你知道为什么女人比男人要无知一些吗？”

“不知道，我的女神，你得启发我一下。”

“这是因为她们必须得整天待在屋子里来照管家庭，所以较少接触到各种社会经验。没有什么比各式各样的经历和活动更能让理性的人拓宽眼界和智慧了。”

“那么我的女神，如果她们有跟男人一样的学习能力，为什么她们没有因此而更博学呢？”

“我亲爱的孩子，回答是，就像我之前告诉你的一样，让女人抛头露面去做男人该做的事情并不一定能带来什么公众利益。她们去做适合自己的事情则是非常明智的。至于说经验告诉我们女性的智力低于男性，因为身边的女人都比男人知道得少，那就让我们以穷乡僻壤的男性佃农为例吧。你可以列举出相当多的地方，那里的男人们非常落后，所以跟野兽没什么区别。但是毋庸置疑，天性女神也赋予了他们跟城镇里最聪明且有学识的男人们同样完美的头脑和身体，所以这些都是缺乏教育造成的。当然也别忘记我之前说过的，有些男人或女人天生就比其他人更聪颖。我现在就来给你列举一些具有优秀头脑的博学多才的女人，来证明女性跟男性一样聪明。”

28. 理性女神从罗马的科尼菲西娅[1]开始谈论博学广识的淑女们

“科尼菲西娅的父母在她小的时候稍稍用了点手段，把她跟她的兄弟科尼菲修斯一起送去上学。这个小姑娘把她超人的智力用在了学习上，并从此开始以学习为乐。让她放弃这种天赋是非常困难的，因为她拒绝了所有通常女性要做的事情，而全身心地投入到书本中去。在刻苦学习之后，她很快就成为了一位出色而博学的诗人，在她如饥似渴地求学的哲学领域也是如此。她非常积极主动地在各个方面出人头地，所以很快超越了她的兄弟，不光是在诗歌上，更是在所有的知识领域里。

“除此之外，她不只满足于学习理论知识，更希望能把她的知识付诸实践。她执笔创作了几部出色的著作，在圣格列高利一世[2]的时代被广为尊重，正

1. 科尼菲西娅（Cornificia，公元前85—前40），罗马共和国女诗人。
2. 圣格列高利一世（Saint Gregory，约540—604），罗马教宗，590年9月3日至604年3月12日在位。

如这位教宗在自己的著作中所指出的那样。伟大的意大利作家薄伽丘[1]在他的书中对科尼菲西娅作了这样的评价：‘作为一个女性却放下女人的事情并且投入到学习最伟大的学者的著作中，是多么光荣的一件事。’他接下来的话印证了我所说的，他说那些对自己的智商没有自信的女人们，做起事来就像是出生于荒山野岭一样，没有正确和错误以及道德的观念，放任自己被蒙蔽，还说自己除了照顾男人和生养孩子之外什么也做不了。上帝给了每个女人一副好头脑，如果她愿意的话，能用在所有博学的男人们活跃着的领域里。如果女人愿意去学，这些领域对于她们不会比对于男人来说更难，她们也能够投入足够多的精力来赢得美名，就像最出色的男人们那样。我亲爱的孩子，看看薄伽丘是怎样与我所说的相互呼应的，并注意一下他是多么赞同和欣赏妇女去学习的。”

……

---

1. 薄伽丘（Giovanni Boccaccio，1313—1375），文艺复兴时期的意大利作家、诗人，以故事集《十日谈》留名后世。本书对他的引用均出自其《名媛》（*De Mulieribus Claris*），该书为西方文学史上第一部女子传记文学作品。

30. 关于一位出色的诗人和哲学家莎乎[1]

“跟普罗芭[2]一样博学的莎乎，是一位来自米蒂利尼[3]的未婚女子。这位莎乎非常美丽，言谈举止也很有魅力。但她最出众的特质是出色的智力，她也因此在科学艺术的诸多领域成为了专家。而且她不仅攻读别人的著作，自己也撰写了很多新著。诗人薄伽丘用这样美妙的词语来称颂她：‘莎乎，被她自身的好头脑和求知欲所鞭策，投身到学习中并且超越了广大的无知群众，与帕纳塞斯山[4]比肩；换句话说，她攀登到了知识的顶峰。由于她的魄力和勇敢，她获取了缪斯女神的恩惠；也就是说她沉浸在了科学艺术之中。她跋涉过长满月桂、山楂、各色鲜花香草的茂密丛林，这是语法、逻辑、几何、算术和修辞学的栖息地。她通过这条小径直到知识之神阿波罗

1. 莎乎（Sappho，公元前 7 世纪），希腊著名女抒情诗人。
2. 普罗芭（Faltonia Betitia Proba，306 或 315—353 或 366）罗马帝国诗人，有说法是古典时代晚期最具影响力的拉丁语诗人。
3. 米蒂利尼（Mytilene），位于希腊爱琴海莱斯博斯岛东南岸，现为该岛屿的首府，也是莱斯沃斯州的州府所在地。
4. 帕纳塞斯山（Mount Parnassus），希腊中部山脉，濒临科林斯湾。最高点海拔 2457 米。在希腊神话中，帕纳塞斯山是太阳神阿波罗和文艺女神们的灵地，缪斯的家乡。古多利安人也以此山为傲。

的洞穴前，并找到了汩汩流淌的诗之神泉。在那里，她拿起琴拨用竖琴弹奏美妙的歌曲，引来仙女领舞；也就是说，她学到了和弦的美妙与和声学的规则。’

“薄伽丘对莎孚的这些描述，应该被理解为她学习的深度和她著作的博学程度。她的著作极其艰深，就像先哲们指出的那样，即使对最聪明和受过最好教育的男人来说也不那么容易读懂。她的书写得非常精致，至今仍在流传，因而给之后立志诗歌的人们树立了出色的榜样。她发明了很多种新的诗歌形式，包括叙事诗、怨情诗、奇怪爱的挽歌等由不同情绪所激发的诗歌，它们非常洗练，因而今天被叫作莎孚诗来纪念她。至于她的作品，贺拉斯[1]回忆说在亚里士多德的老师柏拉图去世时，他的枕下就有一本莎孚的诗集。

“长话短说，因为莎孚的学问非常有名，所以她的故里决定在显眼的地方建一尊她的铜像来表彰她在诗歌上的成就。她为自己在最伟大的诗人行列中赢得了一席之地，按薄伽丘的话说，这些诗人的光辉要远比主教的法冠、国王的王冠甚至战争胜利者的棕榈和月桂花环还要耀眼。我可以给你更多这样

---

1. 贺拉斯（Horace，公元前65—前8），罗马帝国奥古斯都统治时期著名的诗人、批评家、翻译家，是古罗马文学“黄金时代”的代表人之一。

聪颖女性的例子，比如希腊女性雷翁提乌姆，一位杰出的哲学家，她敢于清晰明了地与当时备受尊重的思想家泰奥弗拉斯托斯辩论。”

……

33. 克里斯蒂娜问理性女神是否有女性曾创造过新的知识形态

在听过理性女神的话之后，我，克里斯蒂娜，提起了如下话题：“我的女神，我清楚地看到你可以列举出无数的妇女曾在科学艺术中达到了很高的水平。但是我想问你，是否知道曾有天才的，或具有创造力的，或足够聪颖的女性，能够创造出以前并不存在的、崭新的、重要而有用的知识学派。很显然，去学习一个已有的领域，要比发现新的无人知晓的领域容易得多。”

理性女神回答道：“相信我，很多重要或值得尊崇的科学艺术都是由智慧聪颖的女性所发现的，在经由文字叙述的理论科学和需要动手的精巧技艺上都是如此。我现在给你一些例子。

“首先，我来给你讲讲贵族尼科斯特拉塔，意大利人称她为喀尔曼塔。这位淑女是希腊的阿卡迪亚[1]国王帕拉斯的女儿。她非常聪颖，被上帝赐予了智慧的天赋，对希腊文学有着广博的知识，作品聪慧简洁，又非常有口才，所以同时代的诗人们在作品中宣称她是被神使墨丘利所垂青的。他们甚至认为她那早慧的儿子是这位神使的后代，而非她丈夫的孩子。由于家乡的一系列巨变，尼科斯特拉塔跟儿子和一群追随他们的人一起，乘坐大型船队由台伯河[2]溯流而上开往意大利。她在那里登陆，并爬上她后来为纪念她父亲而命名为帕拉蒂尼的山丘[3]。在后来建成了罗马的这座山丘上，她和儿子以及追随者们建起了自己的城堡。她发现当地土著人非常原始，就帮他们建立了一些规则，并且鼓励他们过公正理性的生活。所以她是第一位在这个后来以法理系统著称的国家里建立起法律的人，而后来的法律也几

---

1. 阿卡迪亚（Arcadia），希腊行政区，位于伯罗奔尼撒半岛。
2. 台伯河（River Tiber），位于意大利中部，全长 405 千米，是该国第三长的河流。意大利首都罗马位于河口以上 25 千米的东岸，而台伯河亦由于为罗马提供水源而闻名于世。
3. 帕拉蒂尼（Mount Palatine），是罗马 7 座山丘中位处中央的一座，为现代意大利罗马市里所保存的最古老的地区之一。高约 40 多米，在山顶上往下望，一侧为古罗马广场，另一侧为大竞技场。

乎都源于这套系统。

“在尼科斯特拉塔的特质中，还有神圣的预言能力。她因而可以预见到她所继承的国家有朝一日会成为世界上最伟大和最繁荣的疆土。所以在她看来，这个以后必将征服世界的最优秀的国家，不该使用外来的低劣粗糙的文字。此外，尼科斯特拉塔也希望能把她的智慧和知识，以合适的方式传授给未来的世代。因此她开始着手创造一套与其他国家都不一样的崭新的字母体系。被她创造出来的就是ABC，即拉丁字母，以及造词规则、元音与辅音的区别和语法的基础。她把这些知识和文字传授给了人们，希望它们能广为流传。这位淑女的发明已经不能再伟大了，我们对她的感谢更不能被一笔带过。这一设计精巧的科学被证明极为有用，并给世界带来了极其多的好处，所以我们可以很诚实地说，没有比这更为高贵的发明了。

“意大利人并不缺乏对这美好礼物的感激之情，这一点做得非常正确。他们认为这是不可思议的发明，因而对她比对任何男人都要尊崇，在尼科斯特拉塔/喀尔曼塔的有生之年都把她当作女神一样崇拜着。在她去世时，他们建造了一个寺庙来纪念她，就坐落于她建城的山丘脚下。为了让她能流芳百世，他们借用了她创造的科学中的一些词汇，甚至还用她的名字来命名事物。比如为了纪念她发明的拉丁语，全国人都自称为拉丁人。此外，因为 ita 在拉丁语中是最重要的肯定词，就像法语里的 oui 一样，所以他们不仅把自己的疆土叫作拉丁，还更进一步用'意大利（Italy）'来指代超越了国境的广袤土地，包括许多不同的区域和王国。从这位淑女的名字 Carmentis，他们演化出了拉丁词 carmen，意思是'歌'。即使是在她之后很久登陆的罗马人，也把一个城门命名为'卡曼塔里斯门（Porta Carmentalis）'。这些名字流传至今，不论罗马如何繁荣昌盛或是由哪位强大的皇帝当政，这些都未曾改变过。

"我亲爱的克里斯蒂娜，你还能有更多的要求吗？还有人认为有任何男人可以与她比肩吗？不过别以为她是唯一一位曾经创造过很多知识领域的女性……"

34. 关于一位创造了无数新技术包括用钢铁制造武器的女性弥涅耳瓦[1]

“就像你看到的那样，弥涅耳瓦是一位希腊女性，也被叫作帕拉斯。这位姑娘极为聪颖，所以她那个时代的人傻傻地把她奉为了天上来的女神：因为他们不知道她的父母是谁，而她的所作所为又都是前无古人的创举。就像薄伽丘指出的一样，他们对于她的出身越是一无所知，就越对她比任何同时代女人都优秀的智慧感到惊诧。她把她超凡的技巧和独创性运用在了诸多领域。首先，她天才地创造了希腊字母速记法，可以用最简短的篇幅记下最多的内容。这个绝妙的发明至今还被希腊人使用着。她还创造了数字以及用它们去数数和快速计算的方法。简单来说，她天才地发明了很多前所未有的艺术和技能，包括制作羊毛和布料的技术。是她最早产生了剪羊毛的想法，并发明了用各种不同的工具来给羊毛松解、开松和梳理等整套流程以及除去杂毛、在金属尖端上粉碎纤维并捻到拉线棒上的方法，还有把羊毛织成布料所需的工具。

---

1. 弥涅耳瓦（Minerva），智慧女神、战神、艺术家和手工艺人的保护神，相对应于希腊神话的雅典娜。

“同样，她发现了如何从橄榄里榨油以及从其他果实里榨取果汁的方法。

“同样，她发明了手推车和战车，以便运送东西。

“同样，这位淑女的一项发明更不像是女性会想到的，即锻造武士们在战场上用以杀敌的钢铁武器和护身盔甲的技术。她把这项技术教给了雅典的人民，同时也教会他们组织成军队以及以部队形式的作战。

“同样，她发明了长笛、竖笛、小号和其他管乐器。

“这位淑女不仅非常智慧，也极其纯洁，保持了一生的贞洁。正因为她的极端纯洁，诗人们在诗作中说她与火神伏尔甘长期对抗，并最终战胜了他。这个故事可以被解释成她战胜了肉欲的激情和渴望对年轻身体的困扰。雅典人极其尊重这位女子，把她当作神一样崇拜，并把她称为女战神和女武神，因为她是这些技术的创造者。她也因为她卓越的智慧而被称为智慧女神。

“在她死后，雅典人民建造了一座神庙进献给她，在里面供奉了一尊代表智慧和战争的女子雕像。这座雕像目光锐利，代表武士维护公正的职责以及智者无比聪慧的头脑。这座雕像戴着头盔，以喻示武士必须在战争中经受锻炼以获得无尽的勇气以及智者的计划应该是不能被人看破的。她穿着盔甲，来表明武士的地位和权力以及智者应当是作好准备面对命运起伏的远见。这座雕像拿着长矛或长枪，标志着一个武士必须是正义的化身，而智者会选择从安全的距离发起攻击。一个水晶的小圆盾挂在雕像的脖子上，代表武士必须时刻警惕并随时准备保卫国家和人民以及智者对万事的透彻理解。在这个盾牌的中心是蛇发女妖戈耳工，代表武士必须足够狡黠并要像蛇一样潜近敌人，而智者则必须警惕他人可能带来的危险。为了保卫这尊雕像，他们在旁边树了一只夜行鸟类——猫头鹰——来表示武士必须准备好在需要时不分昼夜地保护国家以及智者必须时刻警醒自己何为正途。这位弥涅耳瓦被尊崇了很长一段时间，名声远播他国，而那些国家也给她建立了寺庙。即使数个世纪之后罗马人达到了势力顶峰时，她的名望依旧存在，于是他们就把她的形象纳入了众神之中。”

35. 关于发明了农业和许多其他技术的克瑞斯女王

“克瑞斯是远古时期西西里的女王。她心灵手巧地发明了农业科学和技术以及必要的工具。她教会了她的臣民们如何聚拢和驯服牛，并给牛上轭。克瑞斯也发明了犁，展示给她的人民如何用犁刀来挖开和破碎土壤以及其他所需的技能。下一步，她教给他们如何播种并覆以土壤。当种子生根发芽之后，她教给他们如何收割成捆的麦子，并通过抽打脱粒把麦粒从谷壳中取出。然后克瑞斯演示了如何用厚重的石头研磨谷物以及建造磨坊，接下去如何准备面粉并做成面包。就这样，这位淑女引导了那些如野兽般吃着橡果、野草、苹果和浆果的人们，去开始一种高贵的饮食习惯。

“克瑞斯没有就此止步：那时候她的人民还像野兽一样四处游走，居住在树林和荒野的临时住所里。她把他们聚集起来，并教会他们如何建立城镇、组成社区。她就这样把人们带出了原始状态，引入更为文明和理性的生活方式。诗人们创作出了克瑞斯的传说，讲述她的女儿是如何被冥界之王普路托诱拐的。因为她出色的知识和给世界带来的益处，那时的人崇敬地称她为谷物女神。”

36. 关于发明了园艺和种植技术的伊西斯

“伊西斯不仅仅是一位埃及女王，更由于她广博的园艺知识而被尊崇为埃及的女神。传说中描述了她是如何被朱庇特所爱，并把她变成了母牛再变回来，这都是她丰富知识的象征，就像你在自己写的《阿西亚给赫克特的信》中所指出的那样。为了造福埃及人民，她还发明了一些文字来表述他们的语言，以便把想法言简意赅地记录下来。

“伊西斯是希腊国王依那储斯之女，智者福罗奴斯的姐妹。这位淑女和她的兄弟因故离开希腊前往埃及，在那里她教给了人民很多东西，包括如何建立庭院、种植和嫁接植物。她也建立起了一些完善的法律并鼓励希腊人民去遵循，因为直到那时他们都还处于没有司法系统的原始状态。简单来说，伊西斯为他们做了很多，所以他们在她生前和死后都为她举办过盛大的典礼。她的名声传遍世界，奉献给她的神殿和礼拜堂如雨后春笋般出现在各地。即使在罗马的巅峰时期，罗马人也为她建起了一座神殿，并在其中沿用埃及人当年的习俗为她敬献祭品，举行庄严的仪式。

“这位尊贵淑女的丈夫叫作阿比斯，异教徒们把他错认为是朱庇特与福罗奴斯之女尼奥比的儿子。古代历史学家和诗人们也经常提到此人。”

……

43. 克里斯蒂娜问理性女神是否女人天生拥有良好的判断力以及理性女神的回答

我，克里斯蒂娜，回到理性女神身边说：“我的女神，现在我看到了上帝确实使女性聪明的头脑足以学习、理解和记忆任何知识。我为此由衷地赞美上帝！但是，我也总是很惊诧地看到，有那么多头脑机敏的人，能迅速学到自己的所见所闻、在感兴趣的领域通过投入学习而掌握大量知识，但似乎在个人道德和公众行为上却缺乏判断能力，即使一些最有名的渊博学者也是如此。毫无疑问，科学知识是应该可以帮助灌输道德价值的。所以如果可以的话，我的女神，我非常希望能知道，你我的经验都已证明，女性的头脑足以理解那些科学和其他领域里最复杂的事物，那它是否也一样能够借由判断力学到东西。换句话说，女性能够区别善行和恶行吗？她们能够汲取过去的经验来修正现在的行为吗？她们能用现在的例子来预见将来应该如何行动吗？在我看来，这些就是良好判断力的体现。”

理性女神回答道：“你提得很对，我的孩子。但是不要忘记，无论男女都是有这种能力的，而且都会有一些人天生比其他人拥有更多。并且良好的判断力并不是学来的，虽然学习能够帮助那些本来就有这种倾向的人更加完美，就像你知道的，两种同向的力量加在一起比单股力量要更强有力。因此在我看来，任何有着天生判断力的人和那些善于学习知识的人都是值得嘉奖的。但是就像你自己指出的，有些人只具备一方面却缺乏另一方面：前者是神恩惠的内在品质，而后者是通过学习获得的。当然，两者都是好的。

“有些人认为，有良好判断力却没有知识，是要好过有学识却没有善恶观的。这是一个备受争议的主张，也引发了各种质疑。你可以说，最好的人是那些对公共利益贡献最多的人。这样的话就无法否认，那些有学识的人通过传授知识对人起到的帮助是最大的，无论他们自己的判断力如何。这是因为个人的判断力只贯穿在人的有生之年，会随着人的逝去而消散。但另一方面，知识是永存的，因为那些博学者的名声是永垂青史的，他们也通过把知识教给他人或者写成书本而流传百世。因此他们的知识不会随他们而消散，就像我用亚里士多德和其他学科创始人的例子给你证明的那样。这种可以习得的知识对人类而言，比无知的人所展示的良好判断力更为有用，尽管他们曾用这些判断力非常好地统治和管理过自己的国家。说句实话，这些良好行为是暂时性的，会随着时间而消失，而知识却是不可磨灭的。

“但我要把这些放在一旁，因为它跟我们现在要进行建城的任务并不直接相关。相对的，让我们回到你最开始问我的那个问题上来，即女性是否天生具有更好的判断力。在这个问题上，我可以肯定地给你一个‘是’的答案。这一点你应该能够从我已经讲给你的事例，以及观察妇女们是如何履行她们传统的职责上看出来。如果你看得足够仔细，你会看到妇女们在照管家庭上大都是尽其所能地做到周到、勤奋和严谨的。有时候，那些有着懒惰丈夫的妇女会给人留下喜欢找碴儿、对他们指手画脚和想树立权威的印象，但他们其实只是在把大部分妻子们的好意给故意抹黑。我下面要说的大部分都是从《所罗门智训》推导出的，它就谈到了像这样的好妻子。”

44.《圣经·箴言》里的《所罗门智训》

“如果一个丈夫能找到勇敢坚定又有着明智判断力的妻子，那他就一无所缺了。她将名声远播而她的丈夫也会为此骄傲，因为她所带来的永远都只有幸福和兴旺。她会去寻觅和购买羊毛，也就是说她给女仆们找到了一件使她们可以被雇佣的有收益的工作去做，同时保持了家用的储备，而她自己也会搭把手。她就像一艘商船，带来好的物品并提供面包。她回馈那些应得的人，他们也将成为她的密友。在她的家中，包括仆人在内都不愁吃穿。运用良好的判断力，她会斟酌地买下一片地皮用来种植葡萄，以保证家中葡萄酒的供应。她充满了勇气和决心，她的手臂因辛勤的劳作而变得肌肉坚实。即使在黑夜里，她劳作的光辉也照耀着全家。她在做着重体力劳动的同时也没有忘记女性的职责，还做着她的分内之事。她帮助和救济穷人，给痛苦的他们雪中送炭。由于她的努力，家族在风雪中免遭饥寒，连仆人们都衣装整齐。她自己穿着寓意正直和显赫的紫色丝绸，她的丈夫同样有着高贵的形象，在本地知名人士中也是第一等的。她制作上好的亚麻布料，用以出售以及自己穿着来彰显力量和光辉。她乐此不倦。她谈吐间闪耀的都是智慧的语句，而又措辞温婉。她会保证家庭富足并且无人游手好闲。她子女们的举止完全折射出她的影子，而他们的行为也能体现出她无微不至的关照。她丈夫上等的衣着举止也给她加了分。即使在女儿们成人之后她也会严格地管教着她们。她鄙视荣耀的诱惑和短暂的美貌。这样的女人会敬畏上帝也会被赞赏，神会回馈她的辛劳，因为这些劳苦全面地证明了她的美德。”

……

48. 关于国王拉丁努斯之女拉维尼亚

“拉维尼亚是劳伦蒂尼的女王，同样因为她良好的判断力而闻名。她也是我们刚刚提到的克里特王萨顿[1]的后代。她是国王拉丁努斯之女，后来嫁给了

1. 萨顿（Saturn），拉丁语 Saturnus，罗马神话中的农业神。

特洛伊英雄埃涅阿斯[1]，尽管那之前她已经被许配给了卢杜里之王图努斯。她的父亲被一位先知告知，女儿应该嫁给特洛伊的贵族，因而一直推迟他们的婚期，尽管她的母后很希望能尽快举行婚礼。埃涅阿斯抵达意大利时，向拉丁努斯王请求进入他的领地。他不仅被批准入境，还立刻获准了跟拉维尼亚结婚。图努斯因此而跟埃涅阿斯宣战。这场战争夺去了很多人的生命，包括图努斯自己在内。埃涅阿斯巩固胜利之后跟拉维尼亚成了婚，她在埃涅阿斯去世后给他生了一个遗腹子。当她快临盆时，开始非常担心埃涅阿斯跟另一位女性所生的长子阿斯卡尼俄斯会来杀她的儿子篡夺王位。她于是去森林里生产，并给新生儿取名儒略·西尔维斯。此后拉维尼亚发誓不再改嫁，并在孀居期间显示了卓越的判断力，用她的机敏保持了王国的完好无损。她也终于赢得了继子的喜爱，从而缓和了他对自己及儿子的憎恨。当阿斯卡尼俄斯建成了阿尔巴朗格城[2]之后，

1. 埃涅阿斯（Aeneas），特洛伊英雄，安基塞斯王子与爱神阿佛洛狄忒的儿子。

2. 阿尔巴朗格城（City of Alba，意大利语一般写作 Albalonga），是古代拉齐奥王国的城市，位于意大利中部，古代罗马的东南方阿尔班山上。在公元前 7 世纪被罗马毁灭。在传说里，罗马的建立者罗慕路斯与雷穆斯就是来自于阿尔巴朗格的王族。

就搬到那里去居住了。同时拉维尼亚也用高超的技巧统治着国家，直到她的儿子长大成人。这个孩子的后代就是罗马的建立者，罗慕路斯和雷穆斯。

“我还有什么更多能告诉你的呢，我亲爱的克里斯蒂娜？在我看来，我已经给你引述了足够多的证据来支持我的观点，给出了充足的例子来说服你：上帝从来没有比批判男性更多地去批判女性。就像你看到的那样，我的论证是确凿的，而我的两个姐妹会继续用事实来巩固这一点。我想我已完成我建造这个城市外墙的使命，它们看上去已大功告成。请允许我让位给我的两个姐妹，你遵循她们的帮助和建议就可以很快建完剩下的部分了。”

《淑女之城》第一部分结束。

➛ 第二部分

1. 第一章讲述 10 位女预言家的故事

在第一位淑女理性女神结束了谈话之后，第二位淑女正直女神转向我说道:“我亲爱的克里斯蒂娜，我该开始履行我的职责了：在我的姐妹理性女神建完的城墙内，我们必须一起建起淑女之城的房屋来。拿起工具跟我来。不要犹豫，在你的墨水瓶里把砂浆混合均匀，并用你的笔砌起砖石的建筑吧。我会给你提供足够的材料。借上帝的恩惠，我们很快就能建起皇宫和豪院，接纳那些辉煌杰出的淑女们来永久定居。”

听到这位可敬女神的话，我，克里斯蒂娜，回答她道："最出色的女神啊，我已经准备好了。我将服从你所有的命令，因为我唯一的愿望就是遵从你的召唤。"

她回答我说："我亲爱的朋友，看看这些我采来切好供你建筑用的石块吧，它们美丽闪亮，比世界上任何其他的石头都要珍贵。当你和理性女神在长途跋涉的时候，我可没有偷懒吧？你现在需要把它们按照我给你的顺序整理好，排放在我为你划好的线上。

"在知名的女性中排名最高的，是那些有着渊博学识的聪颖的女预言家们。根据最权威的记载，曾经有 10 位'女预言家'，虽然有些人说只有 9 位。我亲爱的克里斯蒂娜，把这个好好记下来：上帝曾经给予任何一位，包括那些最被他青睐的预言者们在内，比我下面要提到的淑女们更多的神启吗？他难道不是授予了她们预言的神性，使得她们可以如此直接而清晰地去叙述和记录未来吗？清晰得就像是在总结和记录过去已经发生，而不是在预见将来尚未发生的事情一样。她们甚至比任何预言家更清楚详细地描述了基督的诞生，而那是在她们的时代很久之后。这些淑女们保持了终生的贞洁和无垢。她们都被称为女预言家，但不要把这当成是她们自己的名字。这个词的意思实际上是‘获知神意的人’。她们都得到了这个名字是因为她们的预言非常准确而至关重要，恐怕只能是直接从上帝那里得知的了。因此这更像是一个职务名而非人名。尽管她们出生在世界上不同的地方、生活在不同的时代，但都清晰地预见到了未来的重要事件，包括我刚才所说的基督诞生。更值得一提的是，她们10位全都是异教徒，甚至连犹太教徒都不是。

“第一位女预言家来自波斯，并因此被称为波斯卡。第二位来自利比亚，因而被称为利比卡。第三位生于德尔菲[1]的阿波罗神殿，因此被称为德尔菲卡。正是她在很早之前就预言了特洛伊城的毁灭，奥维德也曾在一本书中用了一些诗句来赞美她。第四位来自意大利，叫作辛梅里亚。第五位出生在巴比伦，叫作西罗菲利：当希腊人向她求教时，她预言了他们将毁灭特洛伊和它的要塞伊洛姆，不过荷马在他的史诗里把这些史实给歪曲了。她也被称为欧律斯拉俄亚，因为那是她定居的岛屿，也是她的著作被发现的地方。第六位来自萨摩斯岛，叫作萨米亚。第七位被称为酷迈，因为她出生在意大利坎帕尼亚区

1. 德尔菲（Delphi），所有古希腊城邦共同的圣地。

的酷迈城。第八位叫作赫勒斯滂蒂娜，因为她来自特洛伊平原上的赫勒斯滂[1]：她活跃在居鲁士大帝时期，和著名作者梭伦同时代。第九位叫作弗里吉卡，来自弗里吉亚，她不仅预言了很多王国的沦陷，也生动地描述了敌基督的出现。第十位叫作蒂泊蒂娜，也被称作阿布妮亚，她的著作因最清晰地记述了基督降临而被广为尊崇。尽管这些女预言家们都是异教徒出身，但她们最终都摒弃了多神的信仰，认为只有上帝是唯一存在，所有的偶像也都是假的。”

……

5. 关于卡桑德拉和巴西娜王后以及更多关于尼科斯特拉塔的故事

“我们之前讨论的尼科斯特拉塔也是一位女先知，她的儿子伊凡德亦经常在历史书中出现。在与儿子一起跨过台伯河爬上帕拉蒂尼山时，她就预言了这座山会被建成有史以来最著名的城市，一座统治所有其他王国的城市。正如我们之前所提到的，

1. 赫勒斯滂（Hellespont），今达达尼尔海峡。

她为了给这座城市奠基而筑起了一个要塞，之后罗马正是在此基础之上建立的。

“与此类似的，高贵的特洛伊少女卡珊德拉是特洛伊王普里阿摩斯的女儿、著名的赫克特的妹妹，也是一位女预言家。她不也是因非常博学而精通所有领域吗？这位姑娘选择了侍奉神而终身不嫁，无论是面对多么高贵的王子她都矢志不渝。她因而看到了特洛伊的未来，并为此痛心不已。越是看到特洛伊在与希腊人冲突前的繁荣昌盛，她就越是哀叹痛哭。看着富丽堂皇的城市和光辉显赫的兄弟们，尤其是骁勇善战的赫克特，可怕的未来让卡珊德拉再也无法保持沉默。开战之后，她的痛楚进一步加深，从未停止过哭叫着恳求她的父兄们与希腊求和，警告他们若不如此所有人都会被这场战争所摧毁。但是没有人相信她的话，而且因为她拒绝沉默并毫不掩饰自己对于毁灭和杀戮的痛苦，她的父兄甚至还经常殴打她，说她疯了。但她依然抓住每一个机会告诉他们即将发生的一切。终于，为了从她不停的叫唤恳求声中得到一点安静，他们只好把她关在一间远离人烟的房子里。他们如果相信她就好了，因为每一件事都如她所预言的那样发生了。他们终于对自己的所作所为开始感到后悔，但是一切都为时已晚。

“同样，巴西娜王后的预言不也是一样神奇吗？根据记载，她先嫁给了图林根[1]之王，后来又跟法国第四任国王希尔德里克一世结婚。传说在婚礼当天晚上，她说服希尔德里克一世如果当晚能不动情欲，他就能看到不可思议的景象。她让他起身去卧室的窗前，说说看到外面有什么。国王照做了，发现他似乎看到了诸如独角兽、猎豹和狮子那样的大型野兽，在王宫里跑来跑去。国王恐惧地转向王后，问她这些代表什么意思。王后承诺早晨会给他一个解释，让他安心，没有什么可害怕的，并让他回到窗前。国王照做了，这次他觉得自己看到了凶猛的熊和巨大的狼在对打。在王后让他第三次往窗外看时，他似乎看到了狗和其他小型生物相互厮打。国王对这些景象感到非常恐慌和吃惊，王后因而给他解释说，他看到的这些动物代表了他们的后裔，那些终有一日会加冕称王的未来法国王子们。不同的动物代表了这些王子们将来的性格和行为。

“所以你可以很清楚地看到，我亲爱的克里斯

---

1. 图林根（Thuringia），现图林根自由邦（德语：Freistaat Thüringen），是德国十六邦之一，面积在联邦中列第十一位。图林根绿色植被覆盖良好，加之位于德国中部，被称作“德国的绿色心脏”。

蒂娜，上帝是多么经常地通过女性给世界透露他的秘密。”

……

7. 克里斯蒂娜对正直女神的发问

“我的女神，这些证据能证明妇女在所有被谴责的事上都是无辜的，我越听越清楚这些指控者是极其错误的。但我还是没法不提起一个在男人们甚至是在一些女人们中都相当普遍的风俗，那就是当妇女怀孕产下女儿时，丈夫们通常都很不高兴她们没能生个儿子。他们愚蠢的妻子们本应当庆幸上帝保佑她们安全分娩，并全心地感谢他，却因为丈夫的烦闷而同样悲痛不已。但是我的女神，他们为什么会如此生气，是因为女孩会比男孩带来更多的麻烦，还是说不如男孩爱戴和孝敬他们的父母？”

正直女神回答道：“我亲爱的朋友，既然你问到为什么会这样，那么我可以向你保证，那些人难过是因为无知和愚蠢。但实际上，他们不高兴的主要原因还是在忧虑把女儿嫁出去得花掉多少钱，那可都是他们的血汗钱。其他人不开心是因为他们担心一个年轻单纯的女孩会被坏人引上歪路。但是细看，这两个理由都是站不住脚的。对于那些担心女儿会误入歧途的父母们，他们所要做的就只是把她们从小好好教养大，用她们母亲自身可敬的举止和有益的忠告来作例子；但如果母亲的道德水平不够高，那她就很难成为女儿效仿的榜样了。他们应该严格地把女儿跟不良伙伴隔离开，并教会她们敬畏父母，因为严格地抚养婴幼儿有助于她们日后建立良好的行为举止。同样，对于花销问题，我想说无论社会地位如何，如果这些父母们去看看把儿子养育大以及送他们去学习知识或经商的花费，他们就会立刻意识到抚养儿子并不比女儿更省钱，这还忽略不计儿子们花在那些不体面的朋友和无谓的奢侈品上的钱。更不用提男孩们因经常卷入打斗或堕入不良嗜好而给他们的父母带来痛苦和担忧了。所有这些都给他们的父母和用在他们身上的花销抹了黑。在我看来，这些远远比女孩们可能给父母带来的麻烦要大得多。

“你能举出有多少儿子是真正在无微不至地赡养年迈的父母吗？而这本是他们理所应当要做的。尽管你能从过去和现在的人中举出几个例子，但那只是极少数，并且也只是在最后的时刻而已。通常发生的情况是，当儿子们像小皇帝般地被宠大了，又托他们父亲出钱的福读了书学了艺或忽然暴富之后，如果父亲经济拮据、生活困顿了，他们不仅会置之不理，见面的时候更会以此为耻。若是相反的，父亲们手头宽裕，他们就巴不得他早点过世，这样自己就可以拿到遗产了。只有上帝才知道有多少庄园主和有钱人的儿子们在期盼着父母过世，以便继承他们的土地和财产。彼特拉克[1]的这些话触及了事实：'啊，愚蠢的人，你希望能有孩子，但其实没有比他们更为致命的敌人了。若你穷困，他们会鄙视你，并祈祷你能快点死去以便早日摆脱你。若你富有，他们会祈祷你能更有钱以便攫取你的财产。'我并不是说所有的儿子均会如此，但相当多的都是这样。另外，如果他们结婚了，上帝才知道他们会多么贪得无厌地去榨干父母，哪怕老人们饿死也满不在乎，只要能够继承到他们的土地。这是多么可怕的后代！如果他们的母亲寡居，他们并不会去安慰和扶助年迈的母亲，而是会对母亲给他们的爱和投入以怨报德。差劲的孩子们认为一切都是属于他们的，所以如果母亲没有满足他们的所有要求，他们

---

1. 彼特拉克（Francesco Petrarca，1304—1374），意大利学者、诗人和早期的人文主义者，亦被视为人文主义之父。

就会毫不犹豫地谩骂和诅咒她们。天知道这是在怎样地尊重他们的母亲！比这更糟糕的是，有些孩子还满不在乎地把母亲告上法庭。这就是很多父母终其一生把钱奉献给孩子们以后得到的回报。很多儿子都是这样，当然有些女儿可能也如此。但是如果你仔细观察，我想你能看到卑劣的儿子比女儿要多得多。

“即使所有的男孩都是孝敬父母的，你也还是会看到更多的女儿，而不是儿子，在陪伴她们的父母。她们不仅更频繁地去看望父母，而且更多地在父母年老体衰之后照顾他们。原因是男孩们更倾向于去闯荡世界，而女孩们则更倾向于退守家庭，就像你自身可以验证的那样。尽管你的兄弟们是很有爱心的儿子们，但他们也早已走出家门，只有你还孤身留在母亲身边，成为她晚年最大的慰藉。总结起来，我想说那些对生了女儿感到不满的人完全是被蒙蔽了。既然现在我们在讨论这个话题，那就让我从历史上挑几位对父母非常体贴关爱的妇女讲给你听。”

8. 这里开始讲一系列孝敬父母的女儿的故事，第一位是德莉佩提娜

“德莉佩提娜是老底嘉[1]的女王，非常爱她的父亲。她是伟大的国王米特利达特[2]的女儿，因为敬仰她的父亲而跟随他上了所有的战场。这位女孩非常难看，她的乳牙从未脱落因而有两排牙齿，这是种很严重的畸形。但是她非常热爱她的父亲，以至于从未离开过他的左右，无论顺境还是逆境都是如此。她是一片广袤疆土的女主人，完全可以在本国过上安全舒适的生活，但她还是希望能够分担父亲每次征战时的痛苦。即使是在他被强大的庞培[3]击败时，她也还是不离不弃地全心照顾自己的父亲。”

……

---

1. 老底嘉（Laodicea），弗里吉亚的古代都市（也归属于卡里亚和吕底亚），兴建于安纳托利亚的吕卡士河（Lycus）河畔，位于现代土耳其代尼兹利省内。
2. 米特利达特（Mithridates，公元前 132 或 131—前 63），本都王国国王（公元前 121—前 63 在位），是罗马共和国末期地中海地区的重要政治人物，也是罗马最著名的敌人之一。他与罗马之间为争夺安纳托利亚而进行的 3 次战争，历史上称为“米特利达特战争”。
3. 庞培（Pompey，格奈乌斯·庞培，公元前 106—前 48），古罗马政治家和军事家。勇悍善战，凶残嗜杀，在前三头同盟中势力最强。

12. 正直女神宣布城市的建设已经结束，可以开始请居民入住了

“我亲爱的朋友，我看我们的建筑已经大功告成，淑女之城有了足够多的房子和宽阔的街道。皇宫也已建好，防御塔高高耸立，从数英里外就能看到。现在是时候让居民们入住了。这城不该被空置，而是应该住满卓越的淑女们，并且只有她们才会被欢迎进城。我们城的居民们会有多么的幸福！她们不必担心被游牧民族赶出家门，因为这座城市有个特性，使得任何入住的居民都永远不会被驱逐。一个新的女性国度就要诞生了，而且比之前的更加完美，因为淑女们不必再离开领地来生育继承王国的下一代女性。我们将要邀请来的淑女们已经足够永世流芳了。

“一旦我们让城里住满了当之无愧的居民，我的姐妹公正女神就会带着女王一同过来，她是一位超越了所有其他淑女的出色女性，由最尊贵的贵族们陪同着。正是她们将要占据高耸的塔中最精美的住所。所以我们现在最紧要的任务就是，当女王驾临时，她应该看到满城优秀的女性，毕恭毕敬地迎接她们至高无上的女主人、君临整个女性性别的统治

者。我们应该请来怎样的市民？会包括声名狼藉的荡妇吗？当然不会！她们将全是名声远播的坚定勇敢的女性，这些品性高尚值得尊敬的妇女们，是能装点我们城市的最有意义的人群了。来吧，克里斯蒂娜，让我们起程去寻访我们的淑女们吧。”

13. 克里斯蒂娜询问正直女神，婚姻变得无法忍受是不是像男人和书中所说的那样，因为无法与女人共同生活。正直女神从女性对她们丈夫的爱是多么伟大开始回答这个问题

当我们依照正直女神所述走在寻访淑女的路上时，我边走边问她：“我的女神，你和理性女神都令人信服地回答了我自己无法解答的问题，我觉得我现在对这些问题的看法更深入了。谢谢你们两位，我发现了女性完全能胜任任何需要体力或学习能力的事情。但是我现在想问你一个一直萦绕着我的重要问题。有很多男人及书中都说，是因为妇女和她们的泼皮抱怨，使得婚姻成为了男人们的永恒坟墓。这是真的吗？很多人都支持这种观点，认为女人很少关心丈夫和他们的朋友，这让他们非常恼怒。为

了躲避这种痛苦和问题，很多作者建议男人们都学聪明点不要结婚，因为没有或者很少有女人会对她们的伴侣忠诚。这个观点甚至体现在了《瓦列利乌斯给鲁非诺的信》[1]中，里面引用了泰奥弗拉斯托斯[2]书中所说的，聪明的男人不该结婚，因为女人是麻烦，她们缺乏感情还成天闲言碎语。他还说如果一个男人为了生病时能有人好好照顾而结婚，那还不如去找一个忠心的仆人，而且花费还能少些。另一方面，如果妻子生病了，他就会焦急起来，并觉得不离左右是自己的义务。泰奥弗拉斯托斯还有诸多此类的叙述，但我不想再继续说下去了。我亲爱的女神，如果这些事是真的，那这问题看来非常严重，足以完全抵消掉一位妇女所能拥有的美德和优秀品质了。”

正直女神回答道：“我亲爱的克里斯蒂娜，正如

---

1. 瓦列利乌斯（Valerius）和鲁非诺（Ruffinus），公元 278 年殉道的两位基督教圣徒。在沃尔特·马普（Walter Map，1140—约 1209，英国威尔士诗人、讽刺作家）的作品中有托名瓦列利乌斯给鲁非诺的书信。

2. 泰奥弗拉斯托斯（Theophrastus，约公元前 371—约前 287），公元前 4 世纪的古希腊哲学家和科学家，先后受教于柏拉图和亚里士多德，后来接替亚里士多德领导其“逍遥学派”。名字解作“神样的说话者”，并非真名，据说是亚里士多德见他口才出众而替他起的名。

你自己之前说过的，没人反驳的案子容易赢。但是请相信我，持有这些观点的书全都不是女性所写的。实际上我一点也不怀疑，如果有人愿意基于事实重新写一本关于婚姻问题的书的话，肯定会形成一套完全不同的观点。我亲爱的朋友，就像你自己所知道的，有那么多妻子生活在悲惨的婚姻中，粗暴的丈夫让她们的生活凄惨到还不如被野蛮人奴役。上帝啊，有多少优雅正派的妇女无缘无故地被殴打，被辱骂、猥亵和诅咒，被沉重的负担和侮辱压迫得毫无反抗力。更不必提那些要喂很多张小嘴的妻子们了，她们在赤贫中濒临饿死，而丈夫们却要么在寻欢作乐，要么在城里或酒馆中对此置若罔闻。这些妇女们在丈夫回家后所能得到的晚餐就只是他们的逃避而已。我来问你，我有一点点是在撒谎吗？你应该不会没见过你的某个邻居被如此对待过吧？”

我回答道：“是的，我的女神。我看到过很多妇女有这样的经历，我也很同情她们。”

“我完全相信这一点。至于说丈夫们会对妻子生病感到焦虑，我问你，我亲爱的朋友，你认识这样的丈夫吗？不必再追究更多细节我就可以告诉你，所有这些流传的关于妻子的废话都是连篇的谎话。丈夫们是妻子的主人，而不是相反的。一个男人永远也不会允许自己被一个女人所驾驭。但是我向你保证，并非所有的婚姻都是如此。也有一些夫妻互相敬爱，对对方忠诚，在一起平静地生活：在这些例子里双方都是明智、体贴和高尚的。尽管有很多不好的丈夫，但也有很多正派、可敬和智慧的丈夫。那些有幸跟这些男人结婚的妻子们应当感谢上帝赐予了她们这样的幸福。你自己也能证明这一点，因为你再也不会找到比你先夫更好的丈夫了。在你看来，他比所有男人都仁慈、温柔、忠诚和深情，你心里也永远无法停止对他早逝的哀思。同时我们无法否认，还有很多温柔的女性被与此相反的丈夫们虐待着，当然我们得承认也有一些妻子确实是固执又无理取闹的。实际上，如果我说所有的妻子都是道德的典范，那我也快要被指责为骗子了。但这种女人毕竟是少数。不管怎样，我宁可不去谈论这些女人，因为她就像是完全违背了自己天性的生物。

“说到好的妻子，让我们回到你之前提到的泰奥弗拉斯托斯，他说仆人可以像妻子那样去照顾一个病弱的男人。你可以看到无数优秀而忠诚的妻子，服侍她们无论健康的或是病中的丈夫，都像对神明那样的尽心尽力！我可不觉得你会找到像那样的仆人。既然我们开始讨论这个话题了，我就给你一些妻子的例子，她们深爱着自己丈夫并把自己全部奉献给了他们。现在，感谢主，我们可以请一位体面又可敬的淑女来到我们的城市了。这就是尊贵的绪丝克拉提亚王后，米特利达特六世的妻子。因为她所处的时代非常古老，又有着无法衡量的价值，理所应当是第一位入住为她精心准备好的宫殿的淑女。”

14. 关于绪丝克拉提亚王后

“怎么可能有人比绪丝克拉提亚王后爱她丈夫还要更爱一个人呢？她是如此体贴和忠诚。这位淑女是伟大的米特利达特六世的妻子，他的治下有着 24 种不同的语言。尽管他是有史以来最强大的国王，罗马人仍然对他发动了可怕的战争。在长期艰苦卓绝的战斗中，无论到了何处，他的妻子都从未离开过他。这位国王遵循野蛮人的习俗娶了数位妃子，但这位尊贵的淑女非常爱她的丈夫，因而不让他单独去任何地方，她经常陪伴着他征战。尽管王国岌岌可危，性命也时时堪忧，她依旧跟随他跋涉到偏远陌生之地，远渡重洋、深入沙漠，从未离开左右。她的爱是如此强烈，她认为没有人能像她一样忠诚地侍奉主人。

“所以跟哲学家泰奥弗拉斯托斯所说的完全相反，这位淑女非常清楚，国王和贵族们的仆从经常不怎么忠诚又对他们照顾不周。因此这位忠诚的淑女把自己完全投入在了满足主人任何可能的需要上。尽管不得不克服各种艰难困苦，她依然跟随他出生入死。因为条件不允许她穿女性服装，而且这样一位伟大国王和勇士的妻子在战争中出现在他身边也不合适，所以她剪掉了女人最好的特质，即她长长的金发，以便装扮成男人。她也从未考虑过保护自己的肌肤，她的脸庞因为绑着头盔而很快由于汗水和尘土变得肮脏。她曼妙的躯体被甲胄所包裹。她摘下了所有贵重的戒指和珠宝，手被沉重的斧子、长矛和弓箭磨砺得粗糙坚硬。她腰上佩戴的是剑而非高贵的腰带。出于对丈夫忠贞的爱情，这位淑女完全适应了新的环境，她那年轻迷人的躯体本应过着更为柔软舒适的生活，却变成了强壮有力的战士的身体。听听薄伽丘在他的诗里是怎么说的：‘有什么爱情做不到的事吗？我们看到这位淑女，曾习惯了包括柔软床铺在内的各种舒适而精致的生活，却自愿把自己变得和男人一样坚韧而粗犷，四处征战、昼夜行军，经常在沙漠和丛林的硬地上安营扎寨，永远被敌袭所威胁，被野兽和蟒蛇所环绕。’但这些她全都可以接受，只要她能留在丈夫身边来安慰和劝告他，无微不至地照顾他。

“后来，他们共同经历了很多苦难之后，她的丈夫被罗马军事家庞培残酷地击溃了，他们不得不踏上逃亡的道路。尽管他被所有部下抛弃了，他的妻子还是独自追随着他逃过高山、峡谷和很多漆黑危险的地方。在被所有朋友抛弃了的绝望时期，国王从他忠诚的妻子对未来憧憬的鼓励中得到了安慰。尽管他们跌落到了人生的低谷，她还是用尽全力让他打起精神，寻找合适的话语来驱走他的悲伤，创造出有趣的游戏来与他同乐。她通过这些努力加上自己的温柔，给丈夫带来了巨大的慰藉，以至于无论他有多么低迷沮丧或要承受多少痛苦，她都能够让他忘却不幸。他经常感动地说他觉得自己不像是在流亡中，倒像是在宫殿里跟所爱的妻子共度美好时光一般。”

……

21. 关于哲学家苏格拉底之妻赞西佩

“可敬的淑女赞西佩是一位非常智慧并具有美德的妇女，她嫁给了伟大的哲学家苏格拉底。尽管他已经年迈并且用远远多于给妻子买礼物的时间来写书，这位淑女也从没有停止过对他的爱。实际上，她崇敬他超凡的智慧以及他的善良和坚定，因而深深地爱着他，并为他感到无比骄傲。当这位勇敢可敬的赞西佩得知，她丈夫因为攻击雅典人偶像崇拜的习俗并宣扬只有一位值得尊重和侍奉的神，而被他们宣判了死刑时，她就无法控制自己的情绪了。她痛苦地哭泣着，披头散发地冲上街道。她拼尽全力来到丈夫被关押的宫殿，发现他正被奸诈的法官们包围着，而且他们给了他毒汁让他饮下来结束自己的生命。她进入房间时苏格拉底正把杯子举到唇边打算饮下，于是她冲上去抢下杯子并把毒药洒在了地上。苏格拉底为此斥责了她，并试图安慰她，告诉她要有耐心。看到无法阻止丈夫的死亡，她完全沉浸在了悲痛中，哭道：‘杀死一个好人是怎样的罪孽和损失啊！是怎样的错误和不公啊！’苏格拉底一直试着去劝解她，解释说被不公正地处死比起被罪有应得地处死要好得多。于是他就这么死去了，但在深爱着他的妻子的余生中，她没有一刻停止对他的哀思。”

……

25. 克里斯蒂娜对正直女神说有些人声称女人无法保守秘密；正直女神在回应中谈到了小加图[1]的女儿珀提娅

“我的女神，我完全确信我经常亲眼看到的：无论过去还是现在，很多女人都明确地表现出了她们有多爱自己的丈夫以及有多么投入地付出。这就是我为什么觉得这一点很奇怪：男人们普遍认为不应该告诉女人任何他们需要保守的秘密，因为女人嘴太大，包括大师让·克洛皮内尔在他的《玫瑰传奇》中，以及其他的作者都这么说过。”

正直女神回答道：“我亲爱的朋友，就像你明白

---

1. 加图（Marcus Porcius Cato Uticensis，公元前 95—前 46），又名小加图（Cato the Younger），以区别于他的曾祖父老加图（Cato the Elder）。小加图是罗马共和国末期的政治家和演说家，是斯多葛学派的追随者。他因为其传奇般的坚忍和固执而闻名，他不受贿、诚实、厌恶当时普遍的政治腐败。

的那样，不是所有的女人都很聪明，男人也是一样。因此如果一个男人有那么点判断力，那他自己在告诉妻子秘密之前就应该明白她是否可信和善良，因为这有可能会带来危险的后果。任何知道自己妻子是可靠而细心谨慎的人，都是可以完全对她放心的，因为这世界上再没有比她更值得完全信任的人了。

“至于女人是否像有些人说的那样轻率，我们还是回到爱着丈夫的那些女人身上。罗马尊敬的布鲁图[1]，珀提娅的丈夫，当然不会这么认为。这位淑女是老加图的侄子[2]小加图的女儿。他知道妻子有多聪颖和贤惠，于是告诉了她自己和另一位罗马元老卡西乌斯[3]打算在元老院刺杀恺撒。但是，这位敏感的淑女意识到了后果的可怕，因而极力劝解丈夫放弃这个计划。她被丈夫的密谋困扰得一夜无法入眠。第二天一早当布鲁图离开寝室去执行计划时，珀提娅绝望地试图阻止他，于是拿着理发的剃刀装作要修剪指甲，然后掉在了地上。她俯身去捡时，故意把刀片深深切进

---

1. 布鲁图（Marcus Junius Brutus Caepio，公元前85—前42），是晚期罗马共和国的一名元老院议员，后来组织并参与了对恺撒的谋杀。
2. 原文如此。
3. 卡西乌斯（Gaius Cassius Longinus，公元前85—前42），罗马元老院议员，谋杀恺撒的主谋，也是布鲁图的妻舅。

了手里。女仆被主人的伤情吓得大声尖叫，布鲁图听到就转身回了家。他看到她伤到自己之后就责备她，说使用剃刀是理发匠的事，不是她的事。她回答说自己没有他想得那么傻：她是故意这么做的，想试试看如果他事成之后受到伤害，自己该怎样自杀。布鲁图还是没有改变主意地离开了家。很快，他和卡西乌斯刺杀了恺撒，他们因此被判流放。即使布鲁图已经被驱逐出了罗马，他最终还是被暗杀了。珀提娅得知他的死讯之后，心神错乱，丧失了活下去的意愿。因为她想做的事太明显了，家人藏起了所有尖锐的器皿和刀具，她就在火边取了正在燃烧的煤块吞了下去。就这样，高贵的珀提娅通过灼烧内脏自杀了，这是人类曾经历过的最奇特的死法。”

……

28. 对于那些说只有傻瓜才会听从妻子的建议或相信她的人的反证；克里斯蒂娜问了一些问题以及正直女神的回答

“我的女神，听到你的论述并且亲眼见到女性是多么的明智和可靠之后，我很吃惊有些人说只有傻瓜才会听取和相信妻子的建议。”

正直女神回答道：“我之前也告诉你了，并非所有的女性都是聪颖的。但是如果那些有着既有责任感又可靠的妻子的男人们也不肯信任她们的话，那他们就太傻了。从我之前讲的你可以看到：如果布鲁图听从了珀提娅的建议不要去刺杀恺撒，他就不会被暗杀，之后的种种悲剧也就可以避免了。既然我们正在讨论这个主题，我就再告诉你一些男人们因为没有听从妻子的劝解而遭难的故事吧。这之后，我会给你一些丈夫们好好听从了妻子建议的例子。

“如果我们刚刚提到的儒略·恺撒，当初信任了他明智又聪慧的妻子，他那天就不会去元老院，也就不会死了。她看到了诸多丈夫会被暗杀的预兆，并且头天晚上正做了这样的噩梦，因此尽她所能地做了一切努力来阻止丈夫那天去元老院。

“同样的事情在庞培身上也发生了，他最早跟茱莉亚，也就是儒略·恺撒的女儿结婚，之后我告诉过你，他的第二任妻子是一位叫作科涅莉亚的高贵淑女。就像我们之前说的一样，这位淑女非常爱她的丈夫，以至于无论怎样的逆境降临都拒绝离开他。即便是在他战败给恺撒被迫从海上逃亡时，这位科涅莉亚也跟随着他，与他共同面对所有的危险。当庞培抵达了埃及王国的时候，背信弃义的国王托勒密装作很高兴地欢迎他的到来并派人去迎接庞培，而实际是去刺杀他的。这些人让庞培把所有人都留在岸上，仅他只身一人回到船上，以便减轻船重顺利入港。庞培很乐意打算照做，但他忠诚的妻子试图阻止他就这么跟自己人分开。看到他不想改变主意，她就尝试跳回船上陪他，因为她感觉事情好像不大对劲。但是他不允许她这么做，并且让人强行留下了她。这位淑女的悲痛就此开始了，并且萦绕了她一生。她丈夫刚刚起航，视线一刻没有离开他的科涅莉亚就亲眼看到他被船上的叛徒杀死了。她极为心慌意乱，以至于如果不是被人制止住，就会当场跳入海中了。

“与此类似，同样的厄运也降临在了特洛伊的赫克特头上。在他被杀的前一天晚上，他的妻子安德洛玛刻做了一个奇怪的梦，这个梦告诉她如果赫克特参加第二天的战斗就会丧命。她很震惊，认为这并不仅仅是个噩梦而是一个真实的预言，这位淑女双手合在胸前跪下来恳求丈夫别去参加今天的战斗，甚至还把他们两个可爱的孩子抱到他的面前。但是他完全没有在意她的话，因为他觉得如果听从一个女人的建议而离开战场，将会给他带来无法挽回的耻辱。安德洛玛刻请他的父母去替她恳求，他也同样没有听从。一切就像她所说的那样发生了。所以，如果赫克特听了她的话，就不会被阿喀琉斯杀死了。

“我可以给你举出无数这样的例子，男人们因为不肯屈尊去听妻子有道理的建议，而遭受到了不同程度的损失。但是那些因不听信妻子而以悲剧收场的男人，可以责备的就只有他们自己了。”

……

31. 关于高尚的寡妇友第德

“高尚的寡妇友第德从赫罗弗尼斯手中拯救了以色列人民。赫罗弗尼斯被尼布甲尼撒二世[1]派来统治犹太人，并占领了埃及。犹太人被赫罗弗尼斯强大的军队围困在城中，已经遭受重创坚持不了多久了。水源供应被他切断，存粮也快告罄了。感觉坚持不

---

1. 尼布甲尼撒二世（Nebuchadnezzar II，约公元前634—前562），是位于巴比伦的伽勒底帝国最伟大的君主，在位时间约为公元前605年至公元前562年。他因在首都巴比伦建成著名的空中花园而为人赞颂，同时也因毁掉了所罗门圣殿而为人熟知。他曾征服了犹太王国和耶路撒冷，并流放了犹太人，圣经上对此也有所记载。

下去了的犹太人已经惊惶到了战败的边缘。他们开始祈祷，恳求上帝怜悯他的子民，不要让他们落到敌人手中。上帝听到了他们的祈祷，就如同他后来派的是一位女性去拯救人类那样，这次也选择了一位妇女去营救他们。

“城中住着一位高贵勇敢的淑女叫友第德，年轻可爱，又有典范性的美德和纯真。她怜悯危难中的人们，日夜向神祈祷拯救他们。她从自己信仰的上帝那里得到了启示，密谋出了一个计划。一个夜晚，她把自己托付给上帝，在一个女仆的陪同下离开了城池，前往赫罗弗尼斯的营地。当负责警卫的哨兵在月光下看到她的美貌时，就直接把她带到了赫罗弗尼斯面前。他很高兴得到这么一个美得炫目的女人，让她在身边坐下，并很快被她的智慧、高贵举止和美貌所倾倒。他越盯着她，就越是想要得到她。有着自己打算的友第德在心中默默向上帝祈祷，希望他能在她尝试时守护她，让赫罗弗尼斯一点一点地上钩，直到时机成熟。3 个夜晚之后，赫罗弗尼斯给他的贵族们举办了酒宴，喝得酩酊大醉。酒足饭饱之时，他迫不及待想与这位希伯来女人同床共枕，就派人叫了她来。友第德听了他的愿望之后，表示同意这样做，但为了得体起见，需要他把人都摈出帐外，他自己先上床，而友第德在半夜夜深人静的时候再造访他。赫罗弗尼斯接受了这些条件。这位淑女开始祈祷，希望神能在她颤抖的女性心灵中赐予足够的力量和勇气，使她的人民能从这暴君的手中解脱。

“当友第德觉得赫罗弗尼斯已经睡着时，就和女仆蹑手蹑脚地走到他的帐篷口倾听。听到他熟睡的声音，她边呼喊着‘让我们动手吧，上帝与我们同在！’边冲入帐内，无畏地抽出了他挂在床边的宝剑，用尽全身的力气提起剑，悄然无声地砍下了赫罗弗尼斯的头。她用裙子包好头颅，迅速往回跑。友第德没有遇到一点阻碍，回到了城门，大喊道：‘来开城门吧，上帝与我们同在！’她进入城中之后，你无法想象市民们看到她的所作所为时有多么欣喜若狂。到了早晨，他们把头颅钉在尖木桩上挑出城墙去，然后披挂上阵，勇猛敏捷地袭击了还在睡梦中毫无准备的敌人。他们迅速冲进主将的帐篷，想让他尽快起来，却惊骇地发现他已经身首异处了。于是犹太人把他们全部俘虏，杀得一个不剩。以色列人就这样被友第德从赫罗弗尼斯的手中救了出来。这位英勇女性的颂歌应当在《圣经》中被永远传唱。”

……

33. 关于萨宾妇女[1]

“我可以举出很多保护了自己国家或城市的古代女性异教徒的例子。但我只准备讲两个比较重要的来证明我的观点。

“在罗慕卢斯和雷穆斯建立了罗马城之后，罗穆卢斯把他在战争中所能召集到的骑士和士兵都聚集在了城中。他非常急于为这些男人们寻找配偶，因为只有这样他们的后代将来才能继续统治这个城市。但是周边国家从国王、贵族到人民都觉得他们是个鲁莽野蛮而无法信任的民族，因此不愿意把女儿嫁给他们，甚至不愿意跟他们建立任何联系。罗穆卢斯无法给自己和士兵们找到妻子，因而想出了一个狡猾的计策。他向全境宣布，将举办一个骑士长矛比武的赛事，并且邀请所有国王、贵族以及民众带着他们的妻女出席。在庆典当天，大批的人群从四面八方聚集而来，因为太太小姐们都想要看这场比试。在这中间也有萨宾国王的女儿，一位美丽迷人的女孩，由她从国内带来的女伴们陪同。比赛是在

---

1. 萨宾（Sabine），是生活在亚平宁半岛拉丁平原附近的一个部族，和拉丁人一起同为古罗马文明的创立者，罗马最早的 300 名元老中即有 100 名来自萨宾。

城墙外山脚下的一块平原上举行的，所有的女性都排坐在高地上。骑士们在可爱淑女们的注视下勇气大增，武艺一个比一个出众。长话短说，当他们打斗了一阵之后，罗穆卢斯觉得执行自己计划的时机到了，于是拿出一个巨大的象牙号角吹了起来。听到这声作为行动信号的巨响，骑士们停止了互相搏击，转而冲向了妇女们。罗穆卢斯抢下了自己心仪的国王女儿，其他骑士也带走了自己看中的女人。罗马人把淑女们强行带上马匹，飞奔回城之后立刻放下城门。在城外，她们的父亲和亲属们跟这些被劫持的妇女们一样失声痛哭，但也都无济于事了。罗穆卢斯用盛大的仪式迎娶了他的妻子，其他骑士也照做了。

“这次事件引发了一场可怕的战争。萨宾王很快就集结了大军攻打罗马人，但要打败这些战斗老手是很难的。战争持续了五年之后的某一天，双方全副武装准备在战场上兵戎相见，很明显一场伤亡惨重的战斗迫在眉睫。等到大批罗马人出了城门，王后就召集罗马妇女在一个寺庙中集会。这位聪明美丽的少妇对她们说道：‘可敬的萨宾女性们、姐妹们和伙伴们，你们都非常清楚我们是怎样被我们的丈夫们诱拐来，这又如何引起了我们父兄和丈夫之间的战争的。这场战争无论是继续下去，还是以哪一方的胜利告终，都无法避免对我们造成伤害。如果是我们丈夫输了，我们已经爱上了他们还有了孩子，我们会心碎而孩子们也将失去父亲。如果反之，我们的丈夫赢了而父兄们被杀了，我们也会深深为这场由我们引起的冲突而痛心的。已然发生的事早就无法挽回，在我看来，我们应该找到一个能和平解决这场战争的方法。如果你们决定听从我的建议，那就跟随我，我相信我们可以终止这件事。’听了她的话，其他妇女同声回应，说她们同意这样做，并愿意遵从她的指示。

“王后于是散开头发脱下鞋，其他妇女也照做了。有孩子的就把孩子抱在怀中，还有一群孩子和孕妇也加入了行列。王后带领着这感人的队列径直走向双方列队的战场。她们站在了双方阵营中间，这样骑士们就不可能越过她们而直接攻击到对方了。女王和其他女性都跪下喊道：‘亲爱的父亲们和兄弟们，敬爱的丈夫们：看在上帝的分上和解吧！不然的话，我们就做好被你们的马蹄践踏而死的准备了。’看到自己的妻子和孩子们失声痛哭，罗马的骑士们都震惊地打退堂鼓了：他们是不可能攻击她们的。这些妇女的父亲们也被女儿们的惨状打动了。双方看着对方，出于对这些哀求他们停手的妇女们的同情，他们的恨变成了对子女的爱。萨宾人和罗马人都扔下手中的武器冲上去拥抱对方，就此和解了。罗穆卢斯带着他的岳父萨宾之王进了城，用最高的礼仪接待了他和他的军队。就这样，多亏了女王和妇女们的勇气和判断力，罗马人和萨宾人避免了互相残杀。”

……

36. 反驳那些声称妇女受教育是没有好处的人

听到这些话，我，克里斯蒂娜，说道：“我的女神，我可以清楚地看到女性给世界带来了很多美好的事物。即使一些邪恶的女人做过一些坏事，在我看来这也还是远远比不上女性一直以来做过并继续在做的好事。我们之前提到的那些聪颖的、在科学艺术上接受过良好教育的妇女们尤其如此。这就是为什么我很奇怪有些男人完全反对女儿、妻子或其他女性亲属去上学，说是因为担心她们的道德会因此而崩坏。”

正直女神回答说：“这件事就足以说明，并非所有男人的看法都是有道理的，尤其这些男人更加是大错特错了。道德方面的知识应该是促进美德的，说它会产生破坏的效果是完全没有道理的。正相反，这种知识毫无疑问能够纠正人的恶习，端正人的品行。怎么会有人觉得学习好的东西会让人变坏呢？这个观点完全无法理喻，也是站不住脚的。我并不是说男人或女人可以去学习巫术或其他禁术，因为教会可不是随便就禁止了这些东西的。但是，说女人会因学习了何为正确何为合理而变坏，这是错误的。

“罗马伟大的雄辩家和演说家昆图斯·霍腾修斯[1]，并不同意这个观点。他有一位叫作霍腾西娅的女儿，他非常喜爱她的机敏。他亲自教育她，教给了她雄辩术。薄伽丘认为她出色到不仅仅是跟她父亲的智慧、敏捷和措辞相似，而且在口才和演讲术上的优秀甚至超越了他。我们之前谈到了妇女带来的益处，而这位淑女的作为尤其值得注目。当时罗

1. 昆图斯·霍腾修斯（Quintus Hortensius，公元前114—前50），罗马演说家和辩论家。

马正被后三头[1]统治着，因为罗马面临的严重财政危机，有人建议对妇女特别征税，尤其是对她们的财宝收税。这位霍腾西娅决定为妇女辩护，而这是没有男人敢做的事情。她的演说是如此具有说服力，大家都凝神听她说话，就像是在听她父亲演讲一样。她最终打赢了这场官司。

“让我们从古代回到近代。差不多 60 年前在博洛尼亚[2]教书的著名法学家乔瓦尼·安德里亚，也同样反对妇女不该接受教育的观点。他给了爱女诺薇拉非常优秀的教育，包括教给她详尽的法律知识。这样当他在忙碌其他事而不能去教课的时候，就会让他的女儿去替他给学生们授业。诺薇拉讲课时在前面垂了一个帘子，免得学生们为她的美貌分心。她就这样减轻了父亲的负担，把他从部分职责中解放了出来。为了表达对女儿的爱，他把一个重要的法律说明文献命名为 La Novella，使她的名字可以流传万代。

---

1. 后三头（Second Triumvirate），是历史学家给屋大维、马克·安东尼和雷必达组成的官方政治同盟的名称。这个同盟成立于公元前 43 年 11 月 27 日，维持至公元前 33 年。
2. 博洛尼亚（Bologna），意大利城市，位于北部波河与亚平宁山脉之间，也是艾米利亚 - 罗马涅的首府。

“因此并非所有男人，尤其是那些最有智慧的男人，都会同意女性不该受教育的这个观点。但确实那些不怎么聪明的男人会产生这个想法，因为他们不希望妇女比自己知道得多。你自己的父亲，一位伟大的占星家和哲学家，就不相信科学知识会降低女性的价值。你是知道的，看着你学习给他带来了多大的快乐。相反的，正是因为你的母亲作为女性反而认为你应该像其他女孩那样忙碌度日，你才没有能够学习到更高等或更深入的科学。但就像我们之前说的，‘本性难移’。尽管你母亲反对，你还是因为自身的好学而学到了不少知识。在我看来，很明显你并未因为拥有这些知识而贬低自己：你实际上很珍惜它，而这样做是对的。”

我，克里斯蒂娜，于是回答道：“毫无疑问，我的女神，你所说的就像主祷文[1]一样完全正确。”

---

1. 主祷文，天主教又称天主经，是耶稣传给门徒的祷辞（《马太福音》6 : 9—13），天主教、东正教和基督教礼拜仪式中通用的祷辞。

37. 克里斯蒂娜对正直女神的发问，后者从苏珊娜[1]开始举例来反对那些说少有女性是贞洁的看法

“就我所看到的，我的女神，所有的优点和美德都能在女性身上体现，那么为什么这些男人会说没几个女人是贞洁的？如果这是真的话，那她们所有其他的品质就都毫无价值了，因为贞洁是女人最重要的美德。不过，像你之前所述，事实应该和他们所说的相去甚远。”

正直女神回答道：“正如我之前告诉你、你自己也已经明白了的那样，事实是完全相反的 。对于这个问题我可以一直讲到时间的尽头。圣经提到了这么多出色又忠贞的淑女，她们宁死也不愿丧失身体贞操和道德良心。其中一位坚贞可爱的淑女就是苏珊娜，约阿希姆的妻子，他是位富有又有影响力的犹太人。有一天，这位诚实的淑女漫步在自家花园，两个年老男子接近了她。他们是假神父，想把她引向罪孽。看到她断然拒绝了他们的接近，连恳求也完全无效，他们就威胁要向法庭告发她跟年轻男人通奸。听到这样的威胁，也清楚通奸的女人是要被

---

1. 苏珊娜（Susanna），即圣安妮，在四福音书或古兰经中都不曾提到她，但传统上认定这是圣母玛利亚之母，耶稣的外祖母的名字。

判以石块砸死的，她喊道：‘我现在真是进退维谷，因为如果我拒绝这些男人，我的肉身就会被处以死刑；但是如果我屈从了他们的要求，我就会在创世者眼中犯下罪孽。那么我宁可清白地去死，也不愿用罪行来激怒上帝。’苏珊娜因此高声喊叫起来，家里的其他人立刻冲了出来。长话短说，后来假神父们想方设法让法庭确信了他们的伪证，苏珊娜因此被判处了死刑。但一直在看着的上帝让预言者丹尼尔开口了，那时候他还是个母亲怀中的小孩：当这孩子看到苏珊娜被带向刑场，后面跟着一大群抽泣着的人时，就为这位无辜受刑的妇女哭了出来。她于是被带回了法庭，假神父在那里被仔细盘问并自己供认了罪行。就这样，无罪的苏珊娜被拯救了，而他们则被处罚了。”

……

44. 为反驳那些说妇女希望被强暴的人，这里举了一系列例子，第一个是卢克雷蒂娅

我，克里斯蒂娜，于是说道：“我的女神，我完全相信你所说的，我确信很多美丽的女人是正派诚

实的，也足以在面对引诱者的陷阱时保护自己。因此当男人们说女人希望被强暴时，我就觉得十分愤慨和难过。他们说女人即使嘴上拒绝，也不会介意被暴力推倒。我无法相信女性会从被这样粗暴的对待中获得乐趣。”

正直女神回答说：“我亲爱的朋友，你可以确信那些贞洁而有道德操守的女性不会从被强暴中获得快乐。正相反，她们觉得这是可能发生在自己身上的最糟糕的事情。有很多例子，比如卢克雷蒂娅，可以证明这一点。卢克雷蒂娅是罗马一位出身高贵的淑女，并且是罗马最贞洁的女性，她嫁给了贵族塔昆努斯·克拉迪努斯。很不幸，罗马君主卢修斯·塔克文·苏佩布[1]也为她深深倾倒了。他很清楚卢克雷蒂娅是多么的贞洁，因此不敢直接去接近她。因为知道诱惑和祈求都是没有用的，他于是开始打算用诡计得到她。他装成是她丈夫的好朋友，这样就可以在她家中来去自如。塔克文趁她丈夫不在家的某天到访，被高贵的女主人以最尊贵的礼节接待，

---

1. 卢修斯·塔克文·苏佩布（Tarquin the Proud Lucius Tarquinius Superbus，？—前 496），罗马王政时代第七任君主，公元前 535 年登基，公元前 509 年被革命推翻。据传他杀死了前任国王塞尔维乌斯·图利乌斯以登上王位。

就像对待她丈夫最好的朋友那样。那天晚上，心怀鬼胎的塔克文潜入了卢克雷蒂娅的卧室，把她吓得魂飞魄散。简单来说，在对她做了无数金银财宝的许诺之后，他发现恳求是无用的。于是他拔出剑，威胁如果她出声拒绝就杀了她。她于是让他动手，宁死也不愿意屈从。当发现威胁也无用之后，塔克文又想出一个卑鄙的办法，他声称会对外公布他发现她跟自己的一个仆人搞在一起。长话短说，相信塔克文会这么做的想法吓坏了她，于是终于屈从了他。

“但是卢克雷蒂娅并不能轻易承受这可怕的罪过。当早晨来临时，她就去找到她的丈夫、父亲和其他近亲，他们都是罗马显赫的市民。她一边呜咽一边向他们供认了发生在自己身上的罪行。当她的丈夫和家人试图安慰她以解除她强烈的痛苦时，她从罩袍中拔出一把小刀，说：‘尽管我能开脱我的罪行并证明我是无辜的，但我还是无法摆脱痛苦和煎熬：从今天开始以我身上发生的事为鉴，女人不需要再生活在因类似事情所带来的羞愧和耻辱中。’说完这些话，她就把刀深深扎进了自己的胸膛，在自己的丈夫和他的朋友们面前当场毙命。他们像疯了一样冲向了塔克文。整个罗马都被此事激怒了：他们废黜了国王，并且险些杀掉他的儿子，只是没能找到他。从此之后罗马就再也没有过国王了。有些人说，鉴于发生在卢克雷蒂娅身上的暴行，罗马通过了一条法律，明文规定对妇女施暴者判处死刑，这是一条符合道德的合适而公正的法令。”

……

47. 驳倒认为女性反复无常的证据：克里斯蒂娜提问，正直女神用数位善变而不可靠的皇帝为例作答

“我的女神，你谈到的妇女都显然是非常坚定、刚毅和忠诚的。可不可以说她们已经能跟最强的男人相媲美了呢？但男人们，特别是那些作者们众口一词的指责就是，女性是易变、浮躁、轻率、轻浮和优柔寡断的，她们像孩子一样易受人影响并且完全没有决断力。那么男人就很坚定吗？因为他们总是在责备女人易变，却从没有听他们说过男人犹豫不决。如果他们自己实际上也是反复无常的，还要去指责别人跟自己一样的缺点，或者坚持认为其他人应该有他们自身所不具备的美德，那这种行为就

是让人完全无法接受的了。”

正直女神的回答是：“我最亲爱的朋友，你没听到人们常说，傻瓜很快就能看到邻居眼中的刺，却很难看到自己眼中有梁木吗？[1] 我会给你看看，男人批判女人善变和反复无常是多么的荒唐不合理。他们的理论是这样的。首先，他们假定妇女先天就是软弱的。然后，他们在指责过女性这个弱点之后就认为自己是坚定的，至少比女人要坚定。实际上他们对女性坚定性的要求，要远远高于他们自己所能做到的。尽管他们自认为是坚强而高贵的，但当他们面对人性的一些可怕的弱点时，也并不能阻止自己沦陷其中。而且这并不总是不小心走入歧途的，反而经常是蓄意为之的，因为他们知道自己当下正在犯罪。但是他们之后会给自己开脱说，是人都会犯错。但如果是一位女性做了错事，而且这通常是出于一个男人纠缠不休的诡计，那你看着吧，他们就会宣扬说这是由于女性天生的软弱和善变造成的了。既然他们认为女人是如此柔弱的，那说句实话，他们就更应该去包容女性的弱点才对，更不能当

1. 参见《马太福音》7:1—5。

同样的罪行发生在自己身上时说成是微不足道的小错，在女性身上时就指责为滔天大罪。因为没有法律，也没有文字曾说过他们被允许犯比女性更多的错，或者说过他们的弱点更可以被原谅。虽然如此，他们还是给自己树立了道德权威，远非是放过女性，反倒是把自己所有的过错和罪行都推卸到了女性身上。可是，如果女性在这样的罪行前表现出坚定和顽强，他们也完全不会去赞赏。所以无论是什么观点，男人们从任何角度都是有话可说的，而且都会证明自己是对的。你自己也在《上帝的爱之信笺》里用很长的篇幅讨论过这点。

“你之前问我，是否男人都是正直和可敬的，以至于他们可以去指控别人善变。我会说如果你从古代开始考察人类历史直到今日，从书中汲取例子加上你过去的所见所闻，还有现在仍旧能看到的，不仅观察下层社会或未经教化的男人，也去看看上层社会的男人，你就能自己评判他们到底展现过怎样完美的坚持和定力了！当然这只是绝大多数男人的情况，感谢上帝，还有那么一些男人是聪明和坚强不渝的。

“如果你让我给你一些从古到今的摇摆不定的男

人的例子，因为男人们一直在攻击女性的这个弱点，好像他们自己的心从未动摇过似的，那我们就来看看那些最有权势的贵族们和最显赫的男人们是怎样的吧。我举他们的例子是因为，这些人一旦犯错，所带来的影响要比一般人大得多。更不用提有多少皇帝曾有过这样的过错了！我来问你，会有女人比罗马帝国皇帝克劳狄一世更为软弱、胆小而可悲吗？他是如此善变，朝令夕改到上一分钟作的决定下一分钟就会推翻。你没法相信他说的话，因为他会同意任何人说的任何话。他在震怒中下令杀掉了自己的妻子，然后当晚却问她为什么没有回卧室来睡觉！对那些被他砍了头的朋友们，他还派人去告诉他们应该来找自己玩！他缺乏勇气，所以一直处于一种惶恐的状态中，也无法信任任何人。我还能告诉你什么呢？所有道德和精神上的弱点在这位糟糕透顶的皇帝身上都能找到。但是我为什么要特别提到他呢？他是唯一一个坐在皇位上却有着这些弱点的统治者吗？提庇留皇帝就好些吗？他难道不是比任何女人都更加摇摆善变而又淫荡吗？”

48. 关于尼禄[1]

“既然我们正在讨论皇帝，那就来说说尼禄怎么样？他的善变和软弱是显而易见的。他一开始还彬彬有礼地想要取悦每一个人，但是很快，他的色欲、凶残和贪婪就都失去了控制。为了更好地放纵自己的恶习，他经常半夜全副武装地跟犯罪同伙们出去寻找堕落的场所，满城乱转以满足自己的淫欲取乐。为了给自己的肮脏行径找借口，尼禄会故意去撞街上的行人，如果他们出言不逊，他就会攻击然后杀掉他们。他闯入小酒馆和妓院强暴妇女，有一次差点被一位受害妇女的丈夫杀死。他组织过通宵达旦的淫荡洗浴聚会和宴会。他会随着自己变化无常的想法一会儿下令这样一会儿下令那样。尼禄纵容肉欲，变态而放肆，傲慢并且挥霍无度。他偏爱恶人却迫害忠良。他曾参与谋杀自己的父亲，后来下令杀了自己的母亲。她死后，他还让人剖开她的身体，要看看自己当年被孕育的地方。看到了这样的她，尼禄宣布说她曾是一位美丽的女性。他杀掉了他的

1. 尼禄（Nero Claudius Caesar Augustus Germanicus，37—68），罗马帝国皇帝，54—68年在位。他是罗马帝国朱里亚·克劳狄王朝的最后一任皇帝，是古罗马乃至欧洲历史上有名的残酷暴君。

第一任妻子，一位高贵的女性屋大维娅，娶了第二位妻子。但他也只是开始喜欢，后来杀了她。他还下令处死了他长辈的妻子克劳迪娅，因为后者拒绝嫁给他。尼禄还杀掉了他不满 7 岁的继子，仅仅因为他在玩耍时被人说举止像是皇帝的儿子。

“尼禄的老师，著名哲学家塞内加[1]，也被皇帝下令处死，因为他无法隐藏自己对眼前发生的一切的羞耻感。尼禄假装给自己的老师治疗牙疼，用药毒死了他。同样，他也赐给最显赫的贵族们和德高望重的巨头们下过毒的饮食，尽管他们都位高权重。他不仅谋杀了他的姑母以攫取她的全部财产，还毁掉了罗马所有最尊贵的家族，在流放他们的途中杀光了他们的孩子。他训练了一个凶残的埃及人来吃人肉，以便把活人喂给他吞噬。我还能说什么？要讲述他所有的邪恶或骇人听闻的罪行是不可能的。最终，他把罗马城付之一炬，让它烧了整整六天六夜。很多人在这场可怕的灾难中丧生，而他却站在自己的塔楼里唱着歌，看着城市陷入火海地狱，还高兴地欣赏着火焰的壮丽。他在晚餐桌上下令杀掉了圣彼得和圣保罗以及很多其他的殉道者。14 年以来他

1. 塞内加（Seneca，约公元前 4—公元 65），古罗马时代著名斯多亚学派哲学家。曾任尼禄皇帝的导师及顾问。

一直这样统治着，直到罗马人民最终忍无可忍而起义推翻了他。他最后在绝望中结束了自己的生命。”

……

53. 在正直女神谈完了坚定的女性之后，克里斯蒂娜问她为什么以前这些可敬的女性并没有驳斥男人和那些诽谤女性的书，正直女神给出了答案

以上就是正直女神给我讲的故事。因为篇幅所限我没法再深入讲解她说过的其他例子，比如一位希腊女性莱俄伊娜拒绝控告她的两位朋友，宁可在法官面前咬掉自己的舌头，来表明无论他如何折磨她，也无法迫使她说出他想要的东西来。正直女神还告诉了我其他一些意志坚强的女性，宁可饮下毒药自杀也不肯背弃事实和正义的故事。我于是对她说:“我的女神，你很清楚地向我展现了女性在各种美德之外，还有着多么坚定持久的意志力。这样说来，还会有男人比女性更为出色吗？所以我很诧异，有这么多可敬的女性，尤其是那些学识渊博，可以写出优美著作的女性，会容忍男人们长久以来的污蔑而不去反驳。她们应该非常清楚这些男人的指控

有多么荒谬啊。”

正直女神回答道：“我亲爱的克里斯蒂娜，这个问题很好回答。从我给你讲的你应该已经意识到了，我们讨论的那些品德高尚的淑女都活跃在各自的领域里，而并非是协商好一起朝着同一个目标努力的。构建城市的工作是留给你来做的，而不是她们，因为她们的作品本身就已足够让有判断力和学识的人来欣赏佩服女性了，根本不需要她们再去写些什么来说明这点。至于说还没有人驳斥过那些攻击和批判女性的男人们，我可以告诉你，凡事都有它发生的时机和地点。你想想看，上帝让那些跟他律法相违背的异端邪说兴盛了多久，这说明它们是很难被剿灭的，而且如果没有被摧毁的话还会流传至今。有很多事物都是这样毫无阻碍地兴盛起来的，而时限一到就会被驳倒了。”

我，克里斯蒂娜，又对她说道：“我的女神，你说得很对。但我也确信这段话肯定会引来很多异议。他们会说，尽管过去或现在的一些女性也许很有品行，但这并不代表所有的，哪怕只是大多数的女性都会如此。”

正直女神回答道：“说大部分女性都没有美德肯定是不对的。我之前给你讲的已经很清楚地说明这一点了：经验告诉我们，无论是工作日还是休息日，任何人都能看到妇女是多么的虔诚、慈爱和善良，更不用说她们绝不是那数不清的犯罪和暴行的始作俑者了。说以上每条都是美德一点也不过分。当上帝派先知约拿去人口众多的大型都市尼尼微[1]，如果那里的人们不忏悔罪行就毁灭它时，那里连一个好男人都找不出来。所多玛[2]也没有一个体面的男人，当罗得离开这个被天降的硫黄与火吞没的城市时，这一点已经再明显不过了。此外，你也不该忘记耶稣基督的同伴只有12位，还有一个是恶魔。再来想想那些居然说所有女人都应该是品德高尚的，否则就该被投以石块处死的男人！我想请他们好好看看自己，然后让没有罪的那位站出来投第一块石头。[3]此外，他们自己又该追求什么样的品行？我可以告诉你，等到全体男人都达到了完美境地的那一天，妇女就可以以他们为榜样了。”

---

1. 尼尼微（Nineveh），为古代亚述帝国的重镇之一，位于底格里斯河东岸，在今日伊拉克北部城市摩苏尔附近。
2. 所多玛（Sodom），首次出现在旧约圣经的记载当中，这座城市位于死海的东南方，如今已沉没在水底。依圣经记载，所多玛是一个耽溺男色而淫乱、不忌讳同性性行为的城市。上帝决意要毁灭所多玛与蛾摩拉二城，差派天使前往营救了罗得一家。
3. 参见《约翰福音》8:3—11。

54. 克里斯蒂娜问正直女神有些男人所说的“极少有女人对爱情忠贞”是否正确，以及正直女神的回答

我，克里斯蒂娜，又开口继续另一个论题：“我的女神，让我们把这些放在一边，再来看看别的话题。我想问你一些跟我们之前谈论的稍稍有点不同的问题。我希望你不会介意讨论我想说的这些，尽管这件事本身跟自然规律有关，但它多少还是逾越了理性的行为。”

正直女神说：“我的朋友，你尽可以直言不讳。若是学生出于求知而向老师提出问题，那就不应该因为触及到了什么而被谴责。”

“我的女神，这世上有一种自然的魅力，让男人被女人吸引，女人被男人吸引。这不是社会规则，而是肉体的本能：被色欲所激发，两性会以一种野性的激情相爱。没有哪方明白自己为什么会如此为对方所倾倒，但他们屈服于这种感情，并且称之为情爱。男人们通常说，尽管恋爱中的女人会作出忠诚的承诺，但她不仅轻易地更换着情人，而且还很无情、阴险和虚伪。他们坚称女人的这种轻浮是因为她们缺乏道德意识。在所有作过这样批判的作者中，

奥维德在《爱的艺术》中所说的尤其恶毒。在攻击了妇女在爱情上缺乏坚定性之后，奥维德和所有其他人都接着宣称，他们写这些关于妇女的虚伪和罪孽的书是为了公众利益：他们的目的是警告男人们小心女人的欺诈，还有教育他们如何躲避她们，就好像妇女是草丛里隐藏的蛇一样。我亲爱的女神，请告诉我这件事情的真相吧。"

正直女神回答道："我亲爱的克里斯蒂娜，关于他们所说的女性的诡诈，我不知道我还有什么可以告诉你的。你自己在《爱神之书》和《玫瑰浪漫之书》中驳斥奥维德和其他人时，也曾长篇讨论过这个问题。但是回到你所说的，这些男人号称写书是为了公众利益这点上，我可以证明给你看绝对不是这么回事。原因很简单：如果一个事物不是对整个城市、国家或一群人有普遍好处的话，那它就不能被称作是公众利益。女性和男性应该是同等受益的。那些仅仅是为一部分人利益所做的事，是应该叫作私人利益或个人利益的，并不是公众利益。更何况，那些为部分人利益而损害其他人的事，就不只是私人利益或个人利益的问题了，这实际上等同于损人利己：受益方的花销是靠对方买单的。这些作者绝不会让妇女去提防男人给她们设下的陷阱，尽管谁也无法否认，男人其实经常会用他们虚伪的外表和狡猾的诡计去欺骗女性。此外，女性跟男性一样是由上帝创造的人类，这一点也是毋庸置疑的。她们并非是另一种生物或者一个独特的种群，要真是那样她们倒或许可以被排除在道德教育之外了。因此我只能总结说，如果这些作者真是为了公众利益，那他们就应该在建议男人小心女人的同时，也警告女人小心那些男人们设下的陷阱。

“让我们先把这些放在一边，回到你之前问的问题。我前面给你讲的那些例子里，妇女们坚持忠贞直到生命的最后一刻，这还不够证明女性的心灵远非这些作者们所说的，在爱情上是善变薄情的吗？她们实际上是异常坚定的。”

……

62. 克里斯蒂娜向正直女神发问，后者在回答中驳斥了那些宣称妇女用魅力吸引男人的观点

我，克里斯蒂娜，又问道：“我的女神，直到你说激情就像是凶险的海面之前都是完全正确的。从我的见闻来看，任何稍有判断力的女性都应该尽全

力去避免激情，因为它只会带来巨大的伤害。但是那些穿着优雅希望借此更漂亮妩媚的女人们就招来了很多批判，因为有人说她们这样做只是为了吸引男人的注意力。”

正直女神回答道：“我亲爱的克里斯蒂娜，我并不想帮那些过分讲究衣着外表的女人找借口，因为这可不是人性上的小缺点。穿不合自己身份的衣着尤其该受到谴责。但是我也不希望任何人认为自己有资格去苛责那些打扮漂亮的人，我这么说当然并不是想要宽恕这种恶行。我可以向你保证，并非所有这样做的女人都是想去勾引男人的。有些人，不光是女人，男人也一样，纯粹是喜欢漂亮的东西以及精美昂贵的服饰，就像喜欢干净整洁的衣服那样。如果天性如此，那他们就很难抗拒这点了，当然若能做到则是很应该被褒奖的。我们的主是向穷人传道的，但十二门徒之一、出身高贵的巴多罗买，不就是被记载一直穿着缀满宝石的丝质流苏长袍吗？尽管这种举动通常都是狂妄的炫耀，但巴多罗买却不该因此被说成是有罪的，因为他的天性就是喜欢穿贵重的衣服。即便如此，也还是有些人说主是因此而让他被剥皮殉道的。我说这些是想告诉你，任何人去评判他人的外表都是错误的：只有上帝才有权力来审判我们。我现在来给你举一些关于这个话题的例子。”

……

64. 正直女神解释说有美德的女性比有魅力的女性更容易被深爱

“就算我们假定女人们花很大的力气把自己打扮得美丽诱惑、高贵迷人，确实是因为想去吸引男人的注意力，我也会向你证明，那些体面明智的男人并不会更快更深地为之倾倒。正相反，这些重视品格的男人会更容易被可敬、正直和谦逊的女性所吸引，并且爱得更深，哪怕她们没有那么光鲜亮丽。有些人就会反驳说，既然吸引男人不是件好事，那么那些用美德和谦逊来引人眼球的女人，也根本不要有这些优秀品质不是更好吗？这种说法是完全不足取的：人不该仅仅因为一些傻瓜把优良有用的品德用错了地方，就拒绝去培养这些品德；无论发生什么，每一个人都应该尽责地端正自己的行为。

“我现在给你一些例子来证明，很多女性因为她们的正直和道德而被爱。特别是我要给你讲的一些天堂里的圣人，她们因其圣洁而被男人们渴求着。我之前说的被强暴的卢克雷蒂娅就是这样的。使得塔克文为她倾倒的是她典范性的美德，而不仅仅是美貌。一天晚上，她的丈夫正在跟其他骑士进晚餐，其中就有这位塔克文。他们开始谈论各自的妻子，都认为自己的妻子是最有美德的。为了找出谁最符合这一殊荣，他们就动身去突击拜访各家，褒奖那些正忙着光明正大的事情的妻子们。在她们中间，卢克雷蒂娅被认为是最值得称赞的。她正如一个端庄审慎的女性那样，穿着朴实无华的长袍，跟家中的其他女性坐在一起织着羊毛，谈论着道德上的话题。陪同她丈夫的塔克文王子，被她的正直、单纯而值得赞赏的行为以及端庄的举止所深深打动，由此产生了想要占有她的欲望，并谋划出了之后的恶行。”

……

66. 克里斯蒂娜向正直女神发问，后者在回答中驳斥了那些声称女性天性刻薄的说法

“我不知道还要问你些什么，我的女神，因为你

已经回答过我所有的问题了。那么多男人对女性的攻击也似乎已经被你全面反驳了。就我所能看到的，他们常说的，贪婪是妇女最常见的恶习这一点，也并非事实。”

正直女神回答说：“我亲爱的朋友，我可以向你保证，女性天生可不比男性更贪婪。实际上，贪心的女人比男人要少：就像上帝知道的、你自己也清楚的那样，由于男人的贪婪导致在世上蔓延的可怕恶魔，要比女人带来的多得多。但是就像我之前给你指出的那样，一个傻瓜能很快地指出邻居的恶习，却对自己的罪行视而不见。

“仅仅因为女性喜欢收集衣服、针头线脑和其他对于家庭来说必不可少的小东西，她们就落下了个贪婪的名声。相信我，有无数的女性若自己富有的话，都会毫不犹豫地去赠予那些她们认为会明智地用这些钱的人。另一方面，贫穷的女性就不得不去锱铢必较了。总的来说，妇女们拿到的钱是不够花的，所以才会紧紧抓住手里的那一点，因为她们知道不可能再奢求更多了。有些人指责妇女贪婪，仅仅因为她们抱怨自己那刚愎自用又挥霍无度的丈夫，并恳求他们谨慎花钱。这些女性非常清楚，是自己丈夫愚蠢的浪费让家中缺钱，导致她们和可怜的孩子们不得不受苦的。因此这些行为并不能说明这些女人是贪婪的，而正相反，是节俭的一个表现。当然，我说的只是那些谨慎地劝诫丈夫的妇女们，否则如果丈夫不喜欢被人批评，这就可能会造成严重的争执，他最后会去攻击自己那本应得到褒奖的妻子。为了证明这个恶习在女性中远非有些人说的那么普遍，让我们来看看她们经常热心作的救济吧。上帝很清楚，从过去到现在，有多少囚犯被女性的施舍慰藉和支持过，就连在遥远的阿拉伯国家的囚犯也是一样；更不用提有多少穷人、落魄贵族还有各色人等都受到过她们的帮助了。”

我，克里斯蒂娜，于是说：“我的女神，你刚说的话确实让我想起了我所见过的，所有尽其所能乐善好施的可敬淑女们。我知道我有些朋友非常高兴能对那些会好好用钱的人说‘来，拿上这个’，这远比守财奴在敛财存钱时所获得的快乐要多得多。我不明白男人们为什么要到处去说女性是贪婪的。尽管人们说亚历山大大帝以慷慨著称，我可以说我并不这么认为！”

正直女神笑了起来，回答说：“我的朋友，罗马的妇女们肯定不希望她们的城市被战争耗空、公共储备被军队用尽。当时罗马人急需钱财来支持他们庞大的军队，于是罗马的妇女们，包括寡妇在内，都出于慷慨大度拿出了自己的珠宝和所有值钱的物品，堆成一堆捐给了城里的贵族。这些妇女因她们无私的行为而被高度赞扬，之后珠宝也被退还给了她们，这确实是感谢她们拯救了罗马财富的公正做法。”

……

68. 关于法国的公主和贵妇

我再一次插话道：“我的女神，既然你提到了我同时代的这位女性，并且开始谈论法国的，以及居住在这里的淑女们，我想问问你对这些女性的印象。你觉得有必要请她们中的一些人加入我们的城市吗？她们是否不如外国的女性？”

正直女神回答道：“当然，克里斯蒂娜，我可以向你保证她们中有很多我想邀请的善良女性。

“首先，我们不会拒绝高贵的现任法国女王、巴伐利亚的伊莎贝拉[1]，她正蒙上帝的恩惠统治着我们。

---

1. 巴伐利亚的伊莎贝拉（Isabeau de Bavière，德语：Isabella von Bayern，1371—1435），维特尔斯巴赫王朝的公主，1385 年至 1422 年为法国国王查理六世的王后，查理七世的母亲。作者写书时正当政。

她没有一丝一毫的残忍、贪婪或其他的恶习，因为她的本性完全是仁慈善良的。

“年轻的贝里公爵夫人也同样值得赞美，她是一位聪慧美丽又温柔的淑女，嫁给了法国国王‘好人’约翰二世的儿子、已故国王‘英明’查理五世的弟弟约翰公爵。这位可敬的公爵夫人是如此节制谨慎，尽管她还非常年轻，但每个人都在颂扬她表率性的举止。

“关于奥尔良公爵夫人我还能说些什么呢？她是已故米兰公爵的女儿、‘英明’查理五世之子路易斯公爵的夫人。还会有哪位淑女比她更稳重吗？所有人都能很明白地看到她不仅为人坚定，也非常爱她的丈夫，是她的孩子们的优秀榜样。除此之外，她在自己的事上也非常机敏，对所有人一视同仁，举止冷静并且兼具了所有美德。

“勃良第公爵夫人是已故法王约翰二世之子‘勇敢’菲利普二世的儿子、‘无畏的约翰’的妻子。关于她还有更多可说的吗？她不也是一位上等的淑女吗？对丈夫忠诚，仁慈而赞赏他人，道德无瑕，且没有什么缺点。

“克莱蒙伯爵夫人是贝里公爵和他第一任妻子的女儿，嫁给了波旁公爵的继承人约翰·克莱蒙伯爵。

她拥有一位高贵公主所应有的所有品质，包括对丈夫的深情和出色的教养，更不必提她的美貌、智慧和善良了。她的美德则因为高贵的举止而更为耀眼。

“在所有这些淑女中，有一位是你非常喜欢，并从她的优秀品质、仁慈和关爱中受到过恩惠的：尊贵的荷兰女公爵及埃诺女伯爵杰奎琳，她是已故的勃艮第公爵‘好人’菲利普三世的女儿，也就是现任公爵的姐姐。这位淑女难道不该因为她在个人生活上的忠诚、节俭和谨慎以及她对神的无私而强烈的信仰而跻身最优秀的女性之列吗？简单来说，她就是善良本身。

“波旁公爵夫人不也应该因为她是这样一位可敬的淑女，而跟其他贵妇一样被后世称颂，被全力赞美吗？

“我还能跟你说什么？要让我列举这些淑女们的优点可就没完没了了！

“圣波勒伯爵夫人是巴尔公爵的女儿、法王的表妹，也因为她的善良美丽、品德高尚而在这些优秀的淑女中有一席之地。

“同样，另一位你喜欢的淑女安妮，也就是已故拉马什伯爵的女儿、现任公爵的妹妹，嫁给了法国王后的哥哥巴伐利亚公爵路易斯七世。她在这群杰出的女性之中也绝不显得逊色。上帝和整个世界都能见证她的美德。

“我们尽可以无视那些造谣中伤者，有无数的伯爵夫人、贵族女性、未婚女性、中产阶级以及各阶层妇女都是可敬和出色的。感谢上帝让她们保持了这样的美德，也愿上帝能激励那些尚未达到完美的女人们能去修正自己的所作所为。你必须对此深信不疑，因为我可以向你保证，无论那些因为嫉妒而想造谣中伤女性的人会怎么唱反调，这都绝对是事实真相。”

我，克里斯蒂娜，于是回答道：“我的女神，听到你这样说我真的非常高兴。”

她于是对我说：“我亲爱的朋友，我觉得我现在已经完成建筑淑女之城的任务了。我不仅为你建起了美丽的王宫、豪华的宅邸，而且也请来了大量各个阶层的出色淑女来住满了这些建筑物。现在我的姐妹公正女神将要来完成给这个城市收尾的工作，我也要就此打住了。”

69. 克里斯蒂娜对公主及其他淑女们讲话

“最出色、正直和可敬的法国和各国贵族们，各位淑女、少女还有各个阶层的女性们，你们这些过去，或现在，或将来会热爱美德和品行的女性们：请抬起头来，在你们的城市里欢庆吧。它在上帝的帮助下即将竣工，辉煌壮丽的房屋中几乎已经住满了居民。感谢上帝为了满足我给你们建立一个高尚的永久住所的愿望，带我走过这段艰辛的学习历程，建起了这个让你们可以永久居住的城市。我一路走来，希望能与公正女神一起最终完成这个使命。她已经答应我会不停地工作，直到我们竭尽全力建成这个城市，关上城门的那个时刻。那么，为我祈祷吧，我可敬的淑女们！”

《淑女之城》第二部分结束。

第三部分

1. 第一章　详细叙述公正女神是如何将圣母请入淑女之城的

公正女神非常满意地走向我，说道："克里斯蒂娜，在我看来你已经尽全力来完成你的使命了。在我姐妹们的帮助下，你把淑女之城建得让人非常满意。就像我承诺的那样，现在轮到我来最后主持它完工了。我会给你请来最尊贵的女王，她是最神圣的女性，将率领她的仆从们居住在这里。她会统治这个城市，并带来她治下的最优秀的淑女。我看到现在宫殿和华屋已经装饰完成准备停当，街道也都铺满了鲜花，迎接女王及她出色的淑女随行们驾临的准备都已作好了。

“那么就让公主、淑女和各个阶层的女性们都上前来，恭迎这位不仅仅是统治着她们、也是以至高无上的权威统治着地上的女王吧，她的地位仅次于她受圣灵感孕而生的圣父之子。所有的妇女都应该聚在一起来祈求这位崇高、尊贵的伟大女性能纡尊降贵，到我们的城市来成为我们的一员。她也不会因为她们的卑微与自己的反差而鄙视她们。出于过人的谦逊和胜过天使的善良，她毫无疑问会同意住在淑女之城。她会住在最高的宫殿中，那是我的姐妹正直女神为她准备的，全部用荣誉和赞美建造的殿堂。

“现在请每一位妇女上前来，跟我一起说：‘我们恭迎您，圣母，用和天使向您传报一样的“万福玛利亚”来向您致意，因为这比其他任何称谓都更让您欣喜。现在全体女性都恳求您能与她们为伍、做她们的保护人，将您的慈悲和怜悯恩泽到她们身上，在来自敌人和外界的攻击中保护她们。请让她们畅饮源自您的美德的泉水，望她们能就此满足并学会拒绝一切恶习和罪恶。请来到我们中间，您是天上的女王、我主的神殿、圣灵的隐修地、三位一体的居所、天使的喜乐、迷途者的光明与指引以及笃信者的希望。哦，我的女神，在看到您的崇高之后，谁还敢动念去想，更不必提敢去说女性是卑鄙的了！即使所有其他女性是有罪的，您善良的光辉也耀眼到照亮了一切的邪恶。神决定让一位女性做圣母并选择了您，最出色的淑女。因为您伟大的价值，所有的男人都不仅应该停止攻击女性，更应该对她们致以最高的尊敬。'"

这位贞女回答道："我圣子垂青的公正女神，我很乐意与这些女性同住，她们是我的姐妹和朋友，我也会站到她们身边。这是因为理性、正直和你，公正女神，甚至还有天性女神，都劝说过我如此去做。女性对我的侍奉、尊敬和赞扬都未曾有止境，因此我从今往后都应当成为女性的领头人。上帝自身一直希望如此，这是由三位一体所注定了的。"

侧立在所有俯首跪下的女性身边，公正女神回答道："我的女神，愿您被永世赞美和称颂。拯救我们吧，我们的女神，替我们向您的圣子说情，他是不会拒绝您的任何请求的。"

……

3. 关于亚历山大的圣加大肋纳[1]

"我们请来陪伴淑女之城的女王，也就是荣福圣母的女性们，都是圣洁的处女和神圣的妇女。这样我们可以证明上帝是垂爱女性的，尽管这些女性柔弱年轻，上帝给了她们跟男性一样的力量和坚毅，以便为保护神圣的信仰而去承受可怕的殉道，这些女性其实更为纤弱和年轻。所有女性都可以从这些淑女们的经历中受益。她们头上笼罩着圣光，因为她们所能传授的要比其他任何人都有启发得多，她们也因此成为本城最受尊崇的居民。

"其中最显赫的模范女性是圣加大肋纳，她是亚历山大[2]国王高士底的女儿。尽管这位富有的未婚少女在继承父亲国土时只有 18 岁，但她还是在处理个人生活和公众事务上表现出了敏锐的判断力。她是一位基督徒，拒绝结婚，希望能全身心地奉献给神。

---

1. 亚历山大的圣加大肋纳（Catherine of Alexandria），又称车轮圣加大肋纳及大殉道者圣加大肋纳，是一位基督教的圣人和殉道者，据称是 4 世纪早期的著名学者。正教会将其礼敬为"大殉道"，天主教会传统上将其视为十四救难圣人之一。她是中世纪晚期宗教文化中最有影响力的圣人之一，并被视为最重要的童贞殉道。
2. 亚历山大（Alexandria），亚历山大港，又译"亚历山卓"。现埃及第二大城市、亚历山大省省会，地中海岸的港口、非洲重要的海港。

有一天，罗马帝国皇帝马克森提乌斯[1]来到亚历山大，要为异教神进行一场重要的祭祀。加大肋纳在宫中听见了正在被准备为仪式杀戮的动物的咆哮声和喧闹的音乐声。她派人去打探情形，却被告知皇帝已经抵达神殿要开始祭祀了。她一听到这个消息就来到皇帝面前，开始向他阐述他这种做法的错误性。因为加大肋纳很精通神学和科学，她运用了哲学论点来证明了只有一个神，也就是创世者，只有他应该被崇敬。当马克森提乌斯听到这位高贵美丽的处女用非凡的权威性说话时，他无言以对，只能震惊地盯着她。他于是去寻找全埃及最睿智的男人，最终从这个以拥有诸多聪慧哲学家著称的国家挑出了50名带到法庭。当他们被传唤时还非常生气，抱怨说皇帝大老远地把他们请来，居然只是为了跟一个小姑娘辩论。

“让我们长话短说。辩论那天，蒙了圣恩的加大肋纳完全占了上风，他们被她的论述所说服，更无法回答她的问题。皇帝因此大为光火，千方百计地

1. 马克森提乌斯（Marcus Aurelius Valerius Maxentius，278—312），罗马帝国皇帝，公元306年至312年在位。312年，君士坦丁一世率军进入意大利与马克森提乌斯展开决战，在米尔维安大桥战役中，马克森提乌斯大败，本人则在撤退中溺水而死。

威胁他们，但也都是白费气力。托主的福，他们一个一个都被圣处女的话所折服，皈依了基督教。皇帝在盛怒之下把所有哲学家都处以火刑。这位圣处女在他们殉道时慰藉了他们，向他们保证他们会获得永恒的荣光，并向上帝祈祷保守他们信仰的坚强。就这样多亏了她，他们得以受福殉道。上帝通过他们展示了神迹，因为火不仅没有烧到他们的身体，就连他们的衣服都没有碰到：即使当他们在火中丧生之后，依旧没有一根头发被烧焦，面庞也像是还活着一样。暴君马克森提乌斯强烈地想要得到这位美丽圣洁的加大肋纳，于是开始追求她，希望能让她顺从自己的欲望。但是当他看到这完全是徒劳无功时，他的恳求变成了威胁，最后变成了折磨。他对她处以残酷的鞭笞，然后把她扔进监狱单独监禁了 12 天，希望最后看到她被饿到屈服。但是上帝的天使来到她身边救助了她。12 天后，皇帝看见被带到面前的加大肋纳比之前更健康和可爱了，就确信一定有人偷偷去探访了她，于是下令拷问所有的狱卒。加大肋纳出于对他们的怜悯，向马克森提乌斯发誓说她只受到过来自于上帝的慰藉。皇帝再也想不出更加残酷的刑罚了，便听从了他执政长官的建议，制作了一个装着刀刃的磔轮，这些轮子互相碾压，任何卷入它们之间的东西都会被撕成碎片。他让加大肋纳脱光后躺在轮子中间，而她在这过程中一刻也没有停止过双手合十敬拜上帝。天使下来打碎了这些轮子，站在周围的处刑者们反而被碾死了。

“当皇帝的妻子听到加大肋纳身上发生的神迹之后，便皈依了基督教，并且开始责备丈夫的行为。她去监狱探访了圣处女，并恳求她为她自己向上帝祈祷。皇帝因此拷问了他的妻子，并且切掉了她的乳房，这位圣处女于是对她说：‘最尊贵的皇后，别害怕这些酷刑，因为今天你会迎来无尽的喜乐。’暴君将自己的妻子与一大批皈依者一起砍了头。他请求加大肋纳做他的妻子，但意识到她对此置若罔闻之后，最终也打算将她斩首。在她的祷词中，她祈求上帝恩泽那些记得她殉道的和那些在痛苦中呼唤她名字的人们。一个声音从天上而来，宣布她的祷告被恩准了。在她殉道结束时，大量的牛奶而非鲜血从她的身体中喷涌而出。天使带走了她圣洁的躯体，并埋葬在了距离亚历山大 20 天路程的西奈山。上帝在她的墓上显示了很多神迹，限于篇幅我无法详述：只说墓中流出的一种油治愈了很多疾病这一点就足够了。此后上帝以最可怕的形式惩罚了马克森提乌斯皇帝。”

……

17. 关于一位皈依上帝、悔改了的妓女圣阿芙拉

“阿芙拉曾经是一位妓女，后来皈依了基督教。她被带到法官面前，法官问她：‘你用自己的身体去犯罪还嫌不够，还要在信仰上也走错路去崇拜外来神！你要给我们的神作献祭，他们会原谅你的。’阿芙拉回答道：‘我会献祭给我的主，耶稣基督，他为了救赎罪人而来到地上。福音书中说一个有罪的女人用眼泪给他洗脚，然后得到宽恕。他没有鄙视妓女或罪孽的税吏，而是与他们同食共饮。’法官反驳说：‘如果你不想作献祭，你就再也接不到客人，更收不到他们的礼物了。’她回答道：‘我再也不会接受一件受污的礼物了。至于以前那些错误地收下了的，我会让穷人们拿走，并为我的灵魂祈祷。’法官因为拒绝信仰他们的神而将她判了火刑。当就要被送入火中时，她赞美上帝道：‘哦，全能的上帝，耶稣基督，你让所有的罪人忏悔。请接受我此刻的殉道，并请把我从这地狱永火中接走，它现在正要以

俗世火焰为表象灼烧我的肉身。’当火苗在她身边舔舐时，她高声喊道：‘我主耶稣基督，请接受我，一个穷困而有罪的女人，以你神圣的名义殉道。你自己一人为世人牺牲，你是一位正直的人却为了世人的罪而被钉上十字架，一位善人却为恶人而受死，一位受福的人却为被诅咒的人而死，一位温柔的人却为了残酷的人而死，一位纯洁无瑕的人却为堕落的人而死。我将我的躯体敬献给你，你与圣父圣灵同在同治。’就这样，蒙福的阿芙拉结束了她的生命，之后主亦借她展现了诸多的神迹。”

18. 公正女神谈起几位服侍十二使徒和其他圣人并为他们提供避难所的高贵淑女

“我亲爱的朋友克里斯蒂娜，关于这个话题我还能再说些什么？我可以继续给你详述无数这样的例子。因为你之前说过，你对于写书的人对女性如此多的批判感到震惊，我可以向你保证，无论你在异教书中读到了什么，你在圣经中都不会找到太多对于女性的负面评价，在耶稣基督还有他的十二使徒，甚至圣人们的故事中都是如此。如果你读了这些章节，就会看到无数的女性被上帝赐予了出众的美德和坚贞。妇女们是多么慷慨热忱地对待神的仆人们啊！又曾对他们展示出了多么榜样性的慈悲和忠诚！这么多的庇护和关爱，绝非可以一笔带过的。即使有愚蠢的男人想把这些当成是无足轻重的事忽略掉，根据我们的信仰也无法否认，这些都是通向天堂的阶梯上的横木。

“我们可以引用德鲁夏妮的例子，她是一位高尚的寡妇，将福音书作者圣约翰领到了家中，侍奉他并为他准备餐饭。当约翰从流放中回来，就在全城的人民欢欣鼓舞地去迎接他的同时，德鲁夏妮的遗体正在被下葬。她是因为他的长期离开而悲痛过世的。邻居们告诉他：‘约翰，这里躺着的是德鲁夏妮，她如此仁慈地接待了你，她因为你的离去而辞世。她再也无法服侍你了。’约翰于是喊道：‘站起来，德鲁夏妮！回家去把饭给我做好！’她就从死亡中被带了回来。

“同样，我们还可以说说可敬的苏珊娜，一位来自法国利摩日的贵妇。她是第一位给圣徒马尔蒂阿提供庇护所的人，后者奉使徒彼得之命来到法国传教。这位淑女对他无比仁慈。

“同样，马克西米拉也是如此，她把使徒安德烈从十字架上放下并安葬，却不顾自己的性命安危。

“同样，神圣的处女伊菲格涅亚是使徒马太的忠诚追随者，并在他死后建了一座教堂来纪念他。

“同样，另一位对使徒保罗怀着神圣敬爱的女性，一直跟随着他并勤勉地照顾着他。

“同样，在十二使徒时代，有一位叫海伦的高贵王后，这位海伦并非是那位康斯坦丁大帝的母亲，而是阿迪亚波纳的王后。她到了耶路撒冷，当时这个城市正因为一场饥荒而粮食极度匮乏。当海伦听说我主在耶路撒冷传教的圣徒快要饿死时，就买了足够多的食物供养他们，直到饥荒结束。

“同样，当使徒保罗被尼禄下令即将砍头时，一位曾照顾过他的可敬女性普劳提拉流着苦涩的泪水走到他身边。保罗向她要了蒙在脸上的面纱，用来在行刑时遮住自己的眼睛。当她交给保罗面纱的时候，有些站在周围的恶人还嘲笑她就这么把如此漂亮的东西给扔了。保罗死后，天使把这块染了血的面纱还给了普劳提拉，她从此把它作为贵重的遗物珍藏了起来。之后保罗在她面前现身，说因为她在地上侍奉了自己，自己也将会在天上为她的灵魂祈祷。我可以给你讲很多这类的例子。

“巴西利撒是一位充满怜悯之心的可敬妇女，她是圣徒朱利安的妻子。在婚礼的那天晚上，他们共同约定要守护童贞。这位处女的圣洁是无法衡量的，就像她救助过的女性数目一样无法计数，这些妇女是因她对虔诚生活的教导和鼓励而被救助的。简单来说，她典范性的慈悲为她赢得了神的青睐，以至于我主在她临终前曾与她直接对话。

“我亲爱的克里斯蒂娜，我不知道还有什么可以再对你说的了。我可以给你讲无穷无尽的关于社会各个阶层的女性的事迹，无论是处女、妻子还是寡妇，她们出众的坚强和不屈不挠，都以自身为例展示了上帝的神迹。我的话到此为止了。在我看来，正如我承诺的那样，我已经很好地完成了这个城市的角楼，也请来了杰出的淑女入住。最后的这些例子将会成为我们的城门和吊闸。尽管我远没有一一列举那些神圣的女性，无论是过去的、现在的，还是将要来临的——因为这是不可能做到的——但她们都同样可以在淑女之城找到自己的一席之地。对此我们会说：‘Gloriosa dicta sunt de te，civitas Dei.’[1]现在它业已完工，城门也已关紧锁牢。我将如我所言，把它就此交付与你。永别了，愿神赐的和

1. 拉丁文，意为：神之城，汝之荣耀正被传颂。

平永远陪伴你们!”

19. 本书的完结:克里斯蒂娜对全体女性讲话

“最值得尊敬的淑女们，感谢上帝：我们城市的建设终于画上了句号。所有钟爱美德、荣誉和高贵名声的女性都可在城中找到华丽的栖身之所，不仅仅是过去的女性，现在和未来的女性皆如此，因为这个城市就是为了所有该受赏的女性而建立的。我最亲爱的淑女们，当看到经过努力击退敌人取得胜利时，人类的心灵会自然而然充满喜悦。从这一刻开始，我的淑女们，你们就可以看着新城竣工而尽情享受快乐了，当然要以虔诚和体面的合适方式享受快乐。这里不仅会给你们，或者说是你们中间证明了自己的价值的那部分人提供遮蔽，而且如果好好照管的话，更能替你们抵御反对者的攻击，从而保护你们。你们能看到，它是用美德制成，闪闪发亮到能看见人的倒影，特别是本书最后部分建起的高耸的角楼。而前两部分与你们相关的建筑也是一样的精致。我最爱的淑女们，我请求你们不要像那些傲慢的傻瓜一样去滥用这崭新的遗产，那些人的自傲因自己的成功和富有而膨胀了。相反的，你们应该去追随你们高贵的童贞女王的例子。当她听到自己将蒙最高的荣耀成为上帝之子的母亲时，却变得更为谦逊，将自己奉献为神的仆人。我的淑女们，一个人越是有道德，他就会越驯顺而温和，因此这个城市应该会让你们举止更有品行，并让你们变得更有价值和宽容。

“你们当中已婚的人，不要因丈夫的欺凌而绝望，因为自由未必是世上最好的事情。上帝的天使对以斯拉所说的话就可以证明这一点：‘那些滥用自由意志的人必会犯罪，背叛神而堕落；他们因此被毁灭了。’如果妻子们温柔、善良、明智，又爱她们的丈夫，则应该感谢神。这绝不是一件小事，而是女性在世上可以获得的最大恩惠之一。这样的妻子应该专心服侍丈夫，用忠贞的心来敬爱和珍视他们，履行自己的职责跟他们平和度日，向神祈祷保守他们的安全和安宁。那些丈夫不算好也不算太坏的妻子们，也应该感谢神没有让她们过得更差。她们应当尽量去缓和丈夫们的任性行为，与他们一起努力按社会地位求得平静的生活。那些刚愎自用、有罪孽而残酷的丈夫的妻子们，则应该最大限度地容忍他们。她们应该尝试着去打消丈夫们的邪念，尽可能把他们带回到合理而可敬的道路上。即使她们的丈夫罪大恶极到了任何努力都徒劳无功的程度，这些妇女的灵魂也至少可以从对此的忍耐中获益。更何况，所有人都会赞赏她们并站在她们一边。

“因此，我的淑女们，谦逊和忍耐会把神的恩泽在你们身上放大。你们会被荣光笼罩，并被赐予天上的国度。圣格列高利一世曾说过，忍耐是通向天堂和耶稣基督的关键。你们都应该痛下决心，从今以后摆脱愚蠢而不理性的想法、琐碎的嫉妒、顽固、轻蔑的谈话或是丢脸的行为，所有这些都会扭曲人的思想，让人变得不可靠。此外，这些做法对于一个女性来说也是非常不健康和不得体的。

“你们当中未婚的年轻处女们，请保持纯洁、谦逊、温顺和坚贞，因为那些邪恶的人已经张网在捕捉你们了。保持你们的视线向下，少说话，并且小心谨慎地做所有事。用坚贞和美德武装你们自己，以便对抗引诱者的花招儿并拒绝与他们为伍。

“你们当中寡居的淑女们，请端正自己的衣着、谈吐和所作所为。谨言慎行，处理自己的事物时要照顾周全，在苦难面前要有耐心、要坚强和有韧劲，因为你非常需要这些品质。性格和言谈举止要谦逊，行动要宽厚仁慈。

“简而言之，所有的女性，无论属于社会的哪个阶层，都应该特别警觉，面对伺机攻击你的名誉和美德的人要保护自己。我的淑女们，看一看那些男人们是怎样从各个方面来指责你们的吧，他们用尽了所能想出的一切恶习来全面控诉你们。给他们看看你们多么有原则，来证明他们是错误的，并以有道德的行为来反驳他们对你们的所有批判。行为举止端正到可以像赞美诗诗人说的那样，‘恶人会自食其果’。击退那些奸诈的骗子，他们只是在用花招儿和甜言蜜语来骗取你最应保护好的东西：你的贞洁和荣誉的美名。哦，我的淑女们，逃离吧，从他们想要引诱你们的激情中逃离吧！为了上帝，从那里逃离！你不会从中得到好结果的。相反的，你可以确信，它虽然表面上有吸引力，但最后只能给你带来伤害。这结局一直以来从无例外，所以不要心存侥幸。我亲爱的淑女们，请记住这些男人们是如何指控你们是软弱、轻浮和朝三暮四，但同时却在用他们能想到的最迂回、古怪和奇特的招数来陷害你们的，就像捕捉野生动物那样。逃离，从他们那里逃离，我的淑女们！不要与这些在微笑的外表下隐藏着毒牙的人有任何瓜葛，他们会把你毒死的。与此相反，我最可敬的淑女们，希望你们能在追寻美德和规避恶习中获得乐趣，使得我们城市的人口可以继续增加。让你们的心因为做了善事而喜悦。我作为你们的仆人，将我自己托付给你们。我祈求上帝将他的恩典照耀在我身上，并允许我在这地上继续投入地侍奉他。希望他能原谅我的错误，在我死后赐予我无尽的喜乐，也愿他会如此对待你们。阿门。”

《淑女之城》的第三部分暨最终章结束。